Três Dias de Escuridão

Sam Easter

Três Dias de Escuridão

PandorgA

2014

Coordenação Editorial	**Silvia Vasconcelos**
Preparação	**Mônica Vieira/Project Nine**
Projeto gráfico e Diagramação	**Project Nine**
Composição de capa	**Project Nine**
Revisão	**Patrícia Murari**

Texto de acordo com as normas do Novo Acordo Ortográfico da Língua Portuguesa (Decreto Legislativo nº 54, de 1995)

Dados Internacionais de Catalogação na Publicação (CIP)
(Câmara Brasileira do Livro, SP, Brasil)

Easter, Sam

Três dias de escuridão / Sam Easter. -- Carapicuiba, SP : Pandorga Editora e Produtora, 2014.
1. Ficção brasileira I. Título.

14-03221 CDD-869.93

Índices para catálogo sistemático:
1. Ficção : Literatura brasileira 869.93

2014
IMPRESSO NO BRASIL
PRINTED IN BRAZIL
DIREITOS CEDIDOS PARA ESTA EDIÇÃO À
EDITORA PANDORGA
Avenida São Camilo, 899
CEP 06709-150 - Granja Viana - Cotia - SP
Tel. (11) 4169-3875
www.editorapandorga.com.br

"Nós não vamos ser capazes de operar com sucesso nossa nave espacial Terra por muito mais tempo, a menos que a vejamos como uma nave inteira e nosso destino como comum. Tem que ser todos ou ninguém."

R. Buckminster Fuller

Agradecimento

Agradeço, inicialmente, aos Mestres de Luz da Grande Fraternidade Branca Universal, ao Povo de Aruanda, aos Semirombas, aos Extraterrestres Crísticos, à minha Família Cósmica e, principalmente, a todo o Sagrado Feminino que me guiaram neste livro com iluminação e sabedoria.

À minha amada avó, Júlia Easter. Pelo seu exemplo de amor, caridade e serviço altruísta, e por todos os momentos de conexão com a Mãe Divina. Saudades eternas!

Aos meus pais amados, Silvia e Antonio, pela educação, abertura em meus caminhos, por sempre me ouvirem, ajudarem em todas as fases de minha vida, me respeitando e encorajando a buscar o que acredito. Amo vocês com toda a minha força.

Ao meu marido e baterista alado, "Ueda", o meu guerreiro. Obrigada pelo companheirismo, amor, dedicação e por fazer parte da minha história.

À minha companheira de vidas, minha irmã, Lia Easter. Agradeço a ela por todo o apoio, por acreditar na história desde o começo por me ouvir toda segunda-feira, indicando-me qual o melhor caminho a seguir.

À minha querida e abençoada prima, Leda Torres, que é um modelo na busca espiritual, desenvolvimento interno e pela sua filosofia ativa de vida.

Agradeço aos meus amados filhos de quatro patas, Sofia, Krishna, Lua e Zion pelo carinho e energia que me incentivam a viver.

À minha querida amiga e irmã de coração, Samantha Segtowich, que sempre acompanhou a minha caminhada espiritual, por ser confidente e ouvinte, amiga de todas as horas e momentos.

À minha querida irmã, Lucinha de Lurdes, pela luz de sua amizade e o conforto de sua presença.

Às queridas amigas, irmãs, guerreiras e companheiras de voleibol e de vida, Erika Marra e Luciene Miranda.

Aos meus queridos amigos de infância em Teresópolis.

À minha irmã portuguesa, Sónia Botelho. Que o mar que nos distancia fisicamente, nunca distancie nossas mentes, corações.

À querida amiga e irmã Ana Faro, mulher de fibra, guerreira, por toda sua amizade e orientações acadêmicas.

Aos meus amados alunos, que me deram a oportunidade de tocar em seus corações, por todo aprendizado e lições de vida.

À minha querida amiga, Cláudia Vera Cruz (Cacau), pelas canalizações reveladas sobre os três dias de escuridão, pela luz que é a sua amizade, pelo seu amor incondicional.

Ao meu querido irmão de alma, Rodrigo Doche, que é o único personagem real desta história, que me ilumina com sua energia Agarthina.

Agradeço ao meu querido irmão de alma, o sábio, Rodrigo Carvalho, que me amparou através da espiritualidade, iluminou com sua força e conselhos sábios.

Pelo reencontro da minha querida amiga e irmã de alma, Márcia Attianezi Lira. Mulher sábia, mãe, jornalista, cineasta e uma das primeiras mulheres a serem *cameraman*, no Brasil. Obrigada por melhorar, e muito, o texto com suas contribuições, pela paciência nas correções ortográficas, por respirar este livro como eu. Sem a força e sabedoria de sua presença neste projeto, seu afilhado, não amadureceria.

Agradeço à minha querida irmã de coração, Valéria Costa. Mãe exemplar e jornalista. Muito obrigada por toda a sua harmonia, força e contribuições.

Agradeço a todos os amigos que sabendo do meu interesse pelos estudos, pela produção deste livro, me incentivaram e encorajaram todo o tempo.

Principalmente, agradeço a todas as mulheres que fizeram e fazem parte da minha vida, que foram e são uma fonte de inspiração. O que hoje sou nada mais é que uma representação de todas vocês.

Este livro é dedicado a vocês... Minhas Mulheres!

Gaia, Maria, Madalena, Sara, Iansã, Oxum, Iemanjá, Rosinha, Kuan Yin, Rowena, Nada, Palas Atena, Lis, Isis, Joana, Astarteia, Cibele, Kore, Ceridwen, Levanah, Rhiannon, Selene, Demeter, Mab, Bast, Diana, Joana...

Andréia, Ana, Andressa, Adriana, Alice, Áurea, Alda, Ariane, Berenice, Bia, Carla, Cláudia, Cristina, Cristiane, Camila, Carolina, Carina, Cyntia, Déborah, Denise Daniela, Daniele, Dora, Erika, Erica, Edileuda, Edith, Edinéida, Eny, Fernanda, Fátima, Flávia, Gabriela, Giane, Giselle, Heloísa, Helena, Isabela, Iracema, Júlia, Jurema, Joana, Juliana, Karlinha, Kelly, Lia, Leda, Lúcia, Luciene, Luciana, Lauriane, Larissa, Leila, Luana, Maria, Marcia, Mariana, Maricélia, Marlene, Maritza, Marta, Mary, Margarete, Mirian, Mylla, Neyde, Natália, Patrícia, Roberta, Renata, Rosa, Rosy, Silvia, Samantha, Sónia, Sandra, Suely, Sil, Silvana, Sara, Selma, Solange, Tamara, Tatiana, Taiza, Taiz, Tetê, Tininha, Vanessa, Vanesca, Viviane, Valéria...

Capítulo 1

VATICANO, ABRIL DE 2022.

Hoje faltam 460 dias...

Um mês após a morte do Papa Bergoglio, eleito como Francisco, a praça de São Pedro aguardava ansiosa pelo fim do conclave.

Desde de o século XIX, com o falecimento de Bartolomeu Albert Cappellari, o Papa Gregório XVI, a fumaça não demorava por tanto tempo!

Mas não poderia ser diferente, já que na praça de São Pedro e ao redor do Vaticano, o que parecia ser, no início, mais um conclave, transformou-se em um motim de freiras.

Portugal, Leiria, fevereiro de 2022.

– Tô?

– Tôo.

– Kathy, é o Nuno. A malta resolveu iniciar os estudos cedo. É pá! Aquele sítio encanta-me! E a nossa tese está a ficar espetacular.

– Encontramo-nos pelas 9 horas na Porta da Albacara.

– Beijinhos.

Katherine terminou de falar no telemóvel com Nuno, batendo o queixo de frio.

Vestiu sua camisa de lã, pegou uma chávena de café, foi em direção ao seu cartão-postal preferido: observar de sua janela a ponte Santa Clara e a Universidade de Coimbra.

Ficou caminhando pelo seu apartamento "T1 mobilado", em Santa Clara, com os móveis escuros, clássicos e dignos de uma historiadora.

Pensando...

"Até que a arrumação que fiz não está mal!"

Foi até o banheiro, se olhou no espelho e percebeu quão descabelada estava, falando isso para si mesma.

"É Kathy, precisa olhar mais para si e ajeitar-te melhor!"

Kathy sempre encantava os homens com seu estilo longilíneo, media 1,80 m, seus cabelos vermelhos até a cintura, com a pele alva e olhos azuis amendoados.

Adorava andar nos sítios arqueológicos com os amigos e, após o trabalho, como sempre estava frio, divertiam-se tomando umas cervejas no *snack-bar* do João, perto de sua casa.

Katherine conseguiu sua bolsa de Mestrado em Arqueologia por meio de um protocolo de colaboração entre Coimbra e a Universidade de Denver, na qual se licenciou em História. Ela optou por Portugal porque queria conhecer o país nativo de sua família e estar mais próxima de sua tia, por parte de mãe, Mafalda Mondego.

A mãe de Katherine, nascida em Leria, chamava-se Teresa Mondego. Casou-se com o Cliff Stuarty quando este veio passar férias em Portugal.

Conheceram-se numa cave de vinho às margens do Rio Douro. Apaixonaram-se a primeira vista e casaram-se seis meses depois.

Partiram de viagem para Denver, lugar onde resolveram residir.

Nove meses depois do momento do nascimento de Katherine, Teresa teve uma parada cardíaca e morreu, deixando sua filha aos cuidados de Cliff e Mafalda, que fora para Denver participar ativamente da infância e educação de Kathy.

Com a perda da irmã, Mafalda se voltou para espiritualidade e decidiu, depois de educar a sobrinha até seus quinze anos, voltar à terra natal e ingressar de imediato no Colégio de Freiras em Santa Clara, Coimbra.

Capítulo 2

Ao chegar em Leiria, Katherine, Nuno, Feijó e Mark, o único estrangeiro como ela, passam pela Porta da Albacara. Eles estão participando de um projeto de investigação no Núcleo do Castelo, que faz parte das pesquisas de Mestrado em Arqueologia, em Coimbra.

Passam pela Casa da Guarda, abismados com suas colunas num estilo gótico, oriundas do claustro do antigo Convento de Santa Ana de Leiria.

A seguir, vão às torres dos sinos, igreja de Santa Maria da Pena e param nas ruínas da colegiada, local de interesse arqueológico, iniciando suas buscas.

Ao fim da tarde, com um vento de dar dó, Nuno, Feijó e Mark resolvem acabar suas pesquisas, mas Katherine tinha outros pensamentos.

Curiosa como ela só, incrivelmente impressionada com a arquitetura tão diferenciada de seu país de origem, emocionou-se com aquela natureza exuberante, sentindo o sol a beijar sua face entre as muralhas do castelo.

Nesse ínterim, sentiu uma fome descomunal, sua barriga roncava pelas horas na trilha. Aproveitando o momento, retirou de sua mochila o prego, um sanduíche português que Mafalda, sua tia, indicou como simples e apetitoso.

Mordiscou a bifana num pão de sal e salada. Enquanto mastigava afoita, sentia a brisa em seu rosto com o sol que ainda restava.

Depois de satisfeita, pegou seu suco de laranja e resolveu passear mais pelos sítios a sentir aquele fim da tarde.

Com a visão arqueológica, a cabeça longe e a irregularidade do solo do castelo, ela torce o pé. Na aflição do momento, sentindo uma dor aguda, resolve parar um pouco, descansar próximo às paredes das portas dos Castelinhos e lá sentou e adormeceu.

Katherine acordou de seu sono esgotante, despertando espantada.

Escuro como estava, tendo em mãos seu estojo de trabalho, ela percebeu que jamais ficou em um sítio arqueológico por tanto tempo.

Nesse ínterim, começou a brincar com sua lanterna nas paredes do castelo e notou uma pequena abertura onde jamais vira anteriormente.

Curiosa como qualquer um da sua profissão, levantou-se e foi em direção às muralhas românicas que envolviam um perímetro de cerca de cinco hectares para Norte e Leste, anteriores a 1152, davam acesso à desaparecida Igreja Paroquial de Santiago e à Ponte de Coimbra.

Com a lanterna em suas mãos, tateando as muralhas, percebeu a abertura que viu. Inicialmente, passou seu braço e depois o seu corpo seguiu o mesmo trajeto. Assim que conseguiu ficar em pé, constatou que, na verdade, era uma passagem subterrânea enorme que permitia a comunicação do castelo com uma igreja. Encantada com sua descoberta, ficou analisando aquelas paredes memoriais até que algo diferente lhe chamou atenção. Aquilo que via naquele espaço entre as paredes da muralha parecia um manuscrito enrolado em couro.

Vagarosamente, ela o retira das paredes, e percebe o quão antigo era. Com muita calma, começou a desenrolá-lo, admirando-se com seu conteúdo. Pegou sua lanterna e observou o que pareciam ser alguns hieróglifos, escritas bem antigas e uma frase ao fim dele, o que parecia ser uma assinatura.

Encantada com o pergaminho que tinha em mãos, olhou para o céu estrelado e sentiu um prazer intenso naquele momento.

Pensando:

"Meu Deus, isso em nada se assemelha à Pedra de Roseta, e ela que foi um marco de compreensão dos hieróglifos egípcios! Mas isso não é egípcio! Mas parecem hieróglifos! Que escritas são estas?!"

O seu programa de pesquisa contemplava escavações, prospecção geofísica, o estudo de materiais antigos, pesquisa documental, registro geométrico e fotogramétrico de algumas estruturas daquele castelo para ter efetivamente dados sobre a ocupação/habitação do morro, nesses 4.000 anos.

Pensou em sair correndo dali, mostrar para o seu grupo de pesquisa, mas como o pergaminho não parecia ter nenhuma ligação com seu objeto de estudo, resolveu então, analisá-lo primeiramente sozinha.

Sentindo um calafrio percorrer todo o seu corpo, envolveu o pergaminho com muito cuidado. Olhou para os lados com medo de que alguém estivesse observando-a. Retirou a mochila de suas costas, pegou a camisa de lã para envolver o manuscrito e iniciou a descida do castelo. Aproximando-se da Porta da Albacara, ansiosa com o que tinha em suas mãos, começou a correr. Já não sentia nenhuma dor em seu pé.

Vestiu sua jaqueta de couro, ligou seu mp4 ao máximo, ao som de Lumiligth, do Rush. Subiu em sua Harley Dyna, entrando na estrada, acelerando na A1, sentindo o vento gélido em sua face, louca para chegar ao seu cafofo.

Chegando a casa, subiu os degraus correndo, abriu seu apartamento, congelada pela velocidade na estrada, foi direto a seu bar, abrir um vinho do Porto para aquecer-se. Sentou em sua escrivaninha e respirou.

Retirou de seu estojo de trabalho sua pinça, pincel e lupa. Com muito cuidado, desenrolou o pergaminho, maravilhada com a textura do papel e começou a limpá-lo para entender melhor o seu conteúdo.

Depois de iniciar os procedimentos que tanto conhecia, a escrita estava mais clara, porém cada vez mais estranha. Ao chegar à frase escrita no final, constatou que estava muito desgastada, não conseguindo ler a mensagem, porém a assinatura parecia mais legível e percebeu uma estranha sensação de reconhecimento.

Tentou resgatar em sua memória onde vira aquilo.

"Onde vi essa estranha assinatura? Tomarei um duche e lembrarei."

Mergulhou em sua banheira fervendo, relaxou saboreando sua taça de Porto Tawny, trinta anos, sentiu em seus lábios a textura barroca e relaxou. Passados uns dez minutos, vem a imagem daquela letra, claramente. Ficou espantada com a lembrança de tê-la visto numa carta, no convento em que sua tia ingressou.

Era a assinatura de Lúcia Pastorinha, que teve contato com Nossa Senhora.

Capítulo 3

Florença, abril de 2011.

A reflexibilidade na comunidade religiosa cristã vinha contribuindo para o declínio das vocações. Tanto questões internas das instituições, como a falta de diálogo entre o conservar e o renovar, mais a falta de abertura da Igreja para a sociedade comum, deixam os jovens sem referência de valores. Além das questões externas presentes no tecido social como a desestrutura familiar.

As estatísticas atuais mostravam uma tendência, um cataclismo emergente, com uma constante queda do número de religiosas. As irmãs contemporâneas mostravam-se sensíveis às questões do gênero, o ser mulher e o uso do corpo.

Ocorria uma reconstrução da identidade feminina, implicando na descoberta da própria feminilidade e do sagrado feminino. Além de questionamentos por não existir fundamentação bíblica-teológica para proibição do modelo sacerdotal vigente, não sendo mais satisfatório para as religiosas.

As freiras ganhavam o sopro da modernidade.

Os jornais "La Stampa" e "Il Messaggero" informavam que através de uma investigação, o Vaticano fechou o monastério da *Basílica di Santa Croce in Gerusalemme* (Basílica da Santa Cruz de Jerusalém), devido a irregularidades litúrgicas e morais. Segundo relatos, as franciscanas dançavam em suas cerimônias religiosas.

Desde o fechamento do monastério, a ex-madre prioresa, Francesca Nobili, e suas noviças continuavam a realizar seus encontros no subterrâneo, na parte sul da basílica, local onde ficavam os conventos.

Elas não poderiam deixar de honrar com suas reuniões secretas, no *Tempio dell'Itale Glorie* (Templo das Glórias Italianas). Conversavam e debatiam acerca das obras dos grandes pensadores: Michelangelo, Galileu, Maquiavel, Foscolo, Gentilo e Rossini, que foram sepultados ali.

Consideravam esses momentos "Os Encontros da Criação".

Numa dessas reuniões, Beneditta Tolotti chegou correndo, sem fôlego, anunciou às suas irmãs que estava em posse de cópias de manuscritos que foram escritos no período que iria do século 2 a.C. até o século 2 d.C., portanto, cerca de duzentos anos antes do tempo do nosso Senhor Salvador e que para elas, principalmente naquele momento, eram conhecimentos de grande valia.

- Irmãs, sei que muitas já ouvimos falar dos Evangelhos do Mar Morto[1], que dentro da nossa ordem cristã, não poderíamos sequer mencionar o fato, já que o Sagrado Feminino foi colocado em causa desde o início dos tempos por motivos políticos e total controle de poder. Mas já que fomos excluídas, é chegada a hora de estudarmos a fundo esse conhecimento que nos foi negado.

Beneditta, emocionada com o documento em suas mãos, subiu na mesa de eucalipto, observando suas 150 irmãs em Cristo, espremidas na sala do convento.

- Lerei, minhas irmãs, um resumo emocionante dessa história que foi, é, e sempre será, um marco arqueológico de força para nossa atual sociedade e missão.

E Beneditta começa a leitura:

- Em abril de 1947, no vale de Khirbet Qumran, nas encostas do Mar Morto, um simples pastor beduíno ao perceber sua ovelha desgarrada, notou uma extensa fenda entre duas rochas. Curioso, atirou uma pedra e percebeu um vaso quebrando e lá encontrou pergaminhos.

Nas ruínas de Qumran, foram encontrados centenas de pergaminhos, em onze cavernas, com autenticidade comprovada. Para vocês terem uma ideia, um dos pedaços de linho fora submetido ao método carbono 14, pelo professor W. F. Libby, do Instituto de Estudos Nucleares da Universidade de Chicago. A data estabelecida foi o ano 33, com uma aproximação de 200 anos. O que quer dizer, irmãs, um período situado entre o ano 187 a.C. e 233 de nossa Era e cerca de 1000 anos antes da cópia mais antiga que temos até então.

---

1 Referência para visualização da imagem na Bibliografia.

Beneditta desceu da mesa eufórica com o conteúdo e começou a circular entre as ex-noviças.

– Foram escritos em três idiomas diferentes: hebraico, aramaico e grego, num total de quase mil obras. De acordo com estudiosos na questão, foram divididos em três grupos principais: Bíblicos, Sectários e Apócrifos.

Os Bíblicos contêm todos os livros da Bíblia, exceto o livro de Éster, que são conhecidos num total de 22 livros. Os Sectários estão relacionados com a seita que os escreveu, mencionando serem os essênios, e têm, inclusive, visões apocalípticas. Os apócrifos são aqueles livros sagrados excluídos da Bíblia, os quais não nos deixavam ver.

O subterrâneo da basílica estremecia com as vozes das mulheres. Beneditta, entusiasmada, continuava sua explanação:

– E será especificamente com base nesses evangelhos apócrifos que iniciaremos um novo movimento dentro da Igreja e sociedade vigente.

Beneditta volta para mesa e de sua pasta retira várias cópias dos apócrifos.

– Mas, afinal, como começou todo esse encobrimento da Igreja? – menciona irmã Capollo.

– Recebi um texto revelador de uma irmã em Cristo, de Portugal, grande amiga minha de muitos anos. Chama-se Mafalda Mondego. Ela é especialista em religiões comparadas e enviou-me um documento Gnóstico que somará com nossas informações.

– Todas nós sabemos que a Bíblia não apareceu por milagre! Ela foi escrita como uma narrativa dos tempos passados, que sofreu muito com os anos vindouros através de seleções, transformações e, infelizmente, destruições.

A vida de Nosso Salvador foi contada de diversas maneiras, até porque naqueles tempos existiam muitos grupos religiosos, seitas e escolas de mistério. Existiam os católicos, gnósticos, essênios, batistas, docetas, ebionitas, ofitas e outros, assim como muitos evangelhos diferentes, como de Thiago, Felipe, Bartolomeu, Judas, Maria...

E continua:

– Cada grupo demonstrava em seus ensinamentos como contatar Deus e tinham uma visão específica do Cristo. O maior destaque foi o do movimento gnóstico, que também foi o responsável por guardar esses textos importantes. A gnose significa conhecimento, do grego *gnôsis*. Mas não é o conhecimento que vem de fora, intelectual. É o conhecimento que vem dá essência divina, do Real Ser, do Cristo interno, que dá sentido à vida. Ela é a estrutura de quase todas as religiões.

Acreditavam que Jesus era humano, mas através de sua busca espiritual, se conectou com essa centelha divina que é Deus (pai, mãe, filho, fonte de toda a vida).

Dentro dessa perspectiva, todos têm essa essência divina internamente em nosso templo coração, sendo todos iguais, sem ter a necessidade de buscar "o Pai" externamente em templos, igrejas, já que esse Deus existe aqui e agora em cada uma de vocês irmãs, em cada árvore, flor, em tudo e em todos.

Enquanto Beneditta falava, escutavam-se conversas paralelas e muito espanto entre a comunidade.

– Agora, vocês conseguem entender o desespero da Igreja? Imaginem o homem não precisar de uma igreja para se aproximar de Deus? Qual seria a importância dela?

Mais confusão na comunidade.

– Parece que esses evangelhos foram escritos por autores gnósticos e que na grande maioria utilizaram nomes conhecidos para conferir autoridade nos manuscritos.

Com essa confusão de tamanha diversidade, foram escolhidos os quatro evangelhos: Marcus, Matheus, Lucas e João, considerados canônicos pelo Bispo de Lyon, Irineu, em 180 d.C.

Segundo ele, os evangelhos seriam o pilar da Igreja e já que o mundo tem quatro regiões, a Igreja também deveria ter quatro evangelhos.

Porém, nessa época os manuscritos excluídos continuaram a circular pelo restante da comunidade.

– Onde está Constantino e o primeiro Concílio? – questiona a freira Capollo.

A estudiosa Nicoletta Pilato contribuiu com a informação.

– Após a morte de seu pai, Constantino proclamou a si mesmo imperador sênior, sucessor de Constâncio, impondo o princípio de hereditariedade seguido pelas monarquias. Ele teve uma influência muito grande, também, de Helena, sua mãe, que fez a peregrinação à Terra Santa.

Inteligente como era, percebendo o fervor de nossa fé, legalizou o cristianismo em todo o império, não deixando de lado o paganismo, até porque ele ainda o praticava, como adorador do "*Solis Invictus*".

Francesca Nobilli, a prioresa, puxa a cadeira e senta, cansada.

Beneditta, preocupada com seus setenta anos, pergunta-lhe se quer uma taça de vinho para aquecer.

- Per favore, figlia!

Nicoletta continua com a história.

- Constantino assume o cargo que os imperadores romanos exerciam de Sumo Pontífice para regular as práticas religiosas de todo o império e estabeleceu Roma como o centro da cristandade, ao que todas as igrejas deveriam se reportar.

A irmã Cecília Lupi, uma das mais velhas, aproxima-se da mesa para participar.

- Irmãs, esses assuntos são proibidos, mas já que fomos expulsas da ordem, acredito que já não arderemos no fogo do inferno!

Ela inicia uma risada tão aberta que todas participam daquele momento.

- Muitos anos se passaram após a ressurreição do Cristo Jesus, e seus apóstolos se espalharam por todo o Oriente e também pelo Ocidente Europeu.

Beneditta continuou lendo os documentos enviados pela Mafalda.

- Levavam a Gnose do Cristo, a mensagem de redenção aos povos pagãos da Grécia, Ásia, Egito, Índia etc.

Paulo e Pedro foram pregar na Grécia e em Roma; André chegou à Escócia; Tomé se dirigiu à Índia; Marcos ao Egito; Madalena chegou à França; Maria e José foram à Síria e Turquia; Santiago ficou em Jerusalém etc.

Porém, com as divergências dos conceitos cristãos e gnósticos que poderiam intervir com os planos da Igreja, o Bispo de Lyon, juntamente com Tertuliano, Policarpo, Justino, Inácio e Hipólito, declararam guerra a esse movimento, considerando-os hereges.

Depois de horas de relatos das informações recebidas pela irmã Mafalda, Beneditta continuava com a narrativa:

– Naquela época, circulavam diversas Escrituras Sagradas provenientes das mais variadas regiões do Oriente.

Segundo historiadores contemporâneos, muitos desses escritos estavam repletos de elementos budistas, gregos, egípcios, hindus etc.

Isso se deveu ao fato de que a cidade de Alexandria, no Egito, era o centro da erudição filosófica. Ali encontrava-se tudo que havia de mais atualizado. Além de capital comercial, Alexandria recebia constantemente filósofos, místicos, membros de quase todas as religiões existentes em outros países, profetas, magos, visionários etc.

Os sacerdotes judeus, e também os cristãos, faziam de tudo para evitar que os conceitos helenizados contaminassem seus templos dedicados ao Deus antropomórfico.

Constantino, percebendo estas difusões, necessitava de uma doutrina unificada, sólida e organizada para acabar com essas divergências religiosas, conciliando o cristianismo e paganismo romano. Então foi criado, em 325 d.C., o primeiro concílio ecumênico da Igreja.

Convocou seus 300 bispos para reafirmar a posição de Irineu, assegurando a união de seu império. Os demais cristãos, mesmo perseguidos, continuaram a reunir-se em segredo, especialmente no Egito onde existiam monges cristãos, a estudarem os outros evangelhos.

Iniciou-se uma perseguição mais ferrenha para capturar os textos e os monges esconderam-nos, depois que o arcebispo Atanásio de Alexandria, em 367 d.C., os chamou de livros heréticos e a seguir sendo ditos, apócrifos.

O burburinho das madres era tremendo, a basílica de Santa Cruz de Jerusalém vibrava com a indignação de suas ex-noviças.

As freiras conversavam umas com as outras, refletindo tamanha confusão dos doutores da Igreja.

O vento uivava e balançava freneticamente a janela, de repente, as ex-noviças escutaram um tremendo barulho! Ao abrirem a porta, apareceram mais de 300 irmãs em Cristo de outras ordens que compactuavam com seus pensamentos, curiosas acerca dos estudos realizados.

Francesca Nobili, verificando a congregação lotada de freiras, resolve anunciar o próximo encontro. Chama a irmã que mais confia, seu braço direito, Beneditta. Sabendo de sua liderança nata na congregação, pede que ela escolha um novo local para os "encontros".

Beneditta, surpreendida com tamanha responsabilidade e com pensamento ágil que lhe era habitual, foi para o pátio externo onde se encontravam as freiras que chegaram, subiu num banco e anunciou:

– Sejam bem-vindas à Flor de Lis! Sociedade Secreta em homenagem à apóstola dos apóstolos, nossa amada Madalena. Nos reuniremos na próxima lua cheia aos arredores de Toscana.

Todas batem palmas, festejando a nova sociedade a qual pertenciam.

Coimbra, abril de 2011.

Toda a comunidade cristã ficou sabendo do fechamento do Convento das Carmelitas, em Florença, irmãs de muitos países que compartilhavam com seus sentimentos e ideias, acabaram por pertencer à Flor de Lis, trazendo modificações no sistema tradicional eclesiástico ao qual pertenciam.

Com Mafalda não poderia ser diferente, até porque ela e Beneditta conheciam-se desde a tenra adolescência. Consideravam-se, além de irmãs em Cristo, parceiras de alma, tinham os mesmos ideais e buscavam sempre a fundo o conhecimento.

Adeptas, claramente, aos pensamentos gnósticos, tinham Madalena como ídolo e protetora.

Então, Mafalda tomou uma decisão e resolveu falar com a responsável pela igreja a qual pertencia.

– Madre Maria, peço que me dispense por esses tempos. Há anos que não saio do claustro e preciso estar com familiares – disse Mafalda à prioresa do Convento de Santa Clara a Velha, em Coimbra.

– Olha o que tu vais fazer, Mafalda! Fará bem a ti estar com os seus, mas continue a praticar a nossa disciplina de acordo com a palavra de Deus – alertou a prioresa do convento.

Mafalda pegou sua mala, seu guarda-chuva, pois chovia a cântaros naquela manhã, dirigindo-se para a Ponte de Santa Clara.

Ouvia o vento uivar pelas águas do rio Mondego, sentia-se livre naquele momento. A chuva gelada começava a apertar e ela entrou num *snack-bar* no Largo da Portagem pedindo um café.

"É pá! Como esta bica[2] *faz-me bem! Agora é sempre a andar, chegar na estação de Comboio, pegar o voo de Lisboa a Paris, de Paris até Roma e a seguir sentirei os ares da mágica Toscana. Logo, logo, abraçarei minha querida Beneditta."*

Ela ficou pensando na Toscana e nas palavras do historiador conterrâneo, Jaime Cortesão:

"Cortesão, tens toda a razão...

É na Toscana, após um crepúsculo de tantos séculos que o sol da Beleza d'alba em toda a claridade e freme ardências e delírios de zénite: ali se descobre novamente o Homem e a Vida, isto é, o que há de formosa realidade, de variedade e graça em toda a Natureza."

Atravessando os burgos toscanos, passando pelas estradinhas de terra branca, extensões de vinhedos sem fim, chegando à propriedade da família de Cecília Luppi, uma das mais tradicionais da Via Chiantigiana, em Toscana.

Surgindo entre a paisagem verde, com sua impressionante arquitetura medieval, emoldurada pelos girassóis, Mafalda encontra-se com Beneditta que estava feliz em recebê-la.

- É pá, sim senhore! Que abraço sensacional, minha irmã, tinha imensas saudades tuas! - disse Mafalda

Beneditta segura-a pelas mãos e descem correndo para adega dos Luppi.

- Vamos selar este reencontro com o melhor dos sabores.

---

2 Bica: café.

A líder convida as irmãs a se juntarem e abrem um Brunello di Montalcino de vinte anos. Saboreando aquele aroma cereja, com a coloração vermelho brilhante, degustaram e deliciaram-se num dos encontros da Flor de Lis.

Estes encontros perduraram por cerca de dez anos. A sociedade crescera em número de adeptas que buscaram os burgos toscanos, em prol das verdades ocultas. O grupo bem heterogêneo, era composto desde ex-noviças até mulheres e homens comuns que gostavam de história e conhecimento.

No último encontro da Flor de Lis...

A lua brilhava mais que o normal naquela noite de inverno. Com o aroma dos vinhedos no ar, a mesa era farta e repleta. A tábua de frios tinha uma infinidade de sabores, variedades de queijos curados, presuntos, azeitonas enormes e suculentas, castanhas e muitas garrafas de Chiant.

Beneditta, com um breve tilintar em sua taça de vinho, dá início à última sessão.

– Dou glórias a Deus pelos dez anos de encontro da Flor de Lis!

Nosso Senhor nos abençoa com a união de tantas irmãs em Cristo. Damos graças a Ele porque chegamos à ordem das 3.000 e rogo à Nossa amada Madalena, que seja neste dia, que concluiremos a verdade!

Sabemos que o Salvador desapareceu da Bíblia Canônica dos treze aos trinta anos. Porém, através de nossos estudos, constatamos que ele peregrinou por toda a Ásia estudando as antigas religiões, diversas seitas que influenciaram o desenvolvimento das civilizações.

Que se recolheu por um ano entre os sábios instrutores budistas, visitou o vale Ganges onde se interessou pelos métodos terapêuticos hindus sob a orientação de Udraka, um dos maiores curadores da época.

Percorreu diversas regiões indianas, tomando conhecimento de suas leis, arte e cultura dos povos.

Foi para Lahasa, no Tibeth e esteve com Meng-Tsé, um dos maiores mestres budistas.

Confabulou com magos da Pérsia e Assíria.

Esteve meses com Apolônio de Tiana, filósofo influenciado pela religião egípcia, inserindo-o entre os atenienses e escritos da cultura grega.

Cruzou o mediterrâneo, visitou antigos santuários em Alexandria, e se iniciou nos mistérios da Grande Fraternidade Branca, em Heliópolis. Fundada por ancestrais do faraó Amenófis IV do Egito e que tinham como missão preservar os antigos mistérios e conhecimentos gnósticos.

Para concluir sua busca, os últimos estágios ocorreram nas câmeras secretas de Quéops, na grande Pirâmide do Egito, onde lhe confeririam o título de Mestre.

Beneditta, concluindo sua narrativa:

– Dando asas à nossa imaginação, voltando na cápsula do tempo anterior ao Mestre, vamos até o mito da criação e a usurpação do sagrado feminino.

As expressões de arte figurativa humana mais antigas já encontradas são as das Vênus paleolíticas[3], dotadas de seios fartos, quadris largos e órgãos sexuais.

Acreditava-se que as características que apareciam nas esculturas femininas, seriam atributos que simbolizavam a fertilidade, de suma importância para uma época em que se vivia da caça e existiam tão poucas ofertas de alimentos.

- Os povos primitivos nos respeitavam, considerando-nos sagradas, pois somente nós mulheres, poderíamos criar a vida através de nosso próprio corpo e com isso nos assemelharmos ao nosso criador.

Sociedades que se basearam no matriarcado eram mais equilibradas. Acreditavam na parceria, partilha, encarregando-se do bem estar de todos, porque beneficiavam o dom da vida.

Éramos juízas, sacerdotisas, curandeiras, legisladoras, fazendeiras. Qualquer tipo de trabalho ou função nas sociedades poderia ser executado tanto por um homem como por uma mulher, trabalhando lado a lado, em equilíbrio.

- Em Gênesis 1:27 diz-se o seguinte: "E criou Deus o homem à sua imagem: à imagem de Deus o criou; homem e mulher os criou.". Por esta frase temos o registro e o ocultamento de Lilith, a primeira mulher criada por Jeová-Deus, não de uma costela, mas sim do mesmo barro que Adão.

Já no novo testamento, Madalena, nossa grande inspiradora foi considerada prostituta. Claro que tinham que dizimar a sua personagem, principalmente depois que

---

3 Referência para visualização da imagem na Bibliografia.

verificamos nos apócrifos, sua verdadeira importância dinástica.

Era o último encontro da Flor de Lis e todas as verdades e importâncias eram anunciadas com fervor por Beneditta.

- Esta importância dinástica foi constatada em histórias contadas há séculos nas casas judaicas, e era sabido que o casamento tinha inicialmente motivos políticos e o cumprimento de uma profecia. Assim ocorreu com a união das famílias dos amigos "David, filho de Jessé e Jônatas, filho de Saul". Madalena, era da tribo de Benjamim, como mencionado no primeiro livro da Tora, que uma mulher desta tribo seria o instrumento da reconciliação em Israel e Yeshua, de Nazaré, descendente do Rei David.

O mais importante de tudo isso era a sintonia espiritual que tinha com o seu amado, o entendia de uma maneira que nenhum outro seguidor conseguia, era sua chama gêmea e apóstola. Pedro a invejava por isso.

Isso fora reforçado, em 2012, com outro fragmento de papiro encontrado também na língua copta, pela historiadora eclesiástica Karen King, da Universidade Harvard, com uma frase clara em que Jesus chama Maria Madalena de esposa[4].

O Evangelho de Judas[5], encontrado no Egito em 1978, foi outro documento totalmente alterado! Este discípulo que fora estigmatizado pela Igreja, que compreendia tão

---

4 Referência para visualização da imagem na Bibliografia.

5 Referência para visualização da imagem na Bibliografia.

bem as palavras do nosso Jesus, que aceitou com resignação e amor, participar como vilão do drama cósmico.

Vimos também no Evangelho de Pistis Sophia[6], que após a ressurreição, Jesus permaneceu instruindo os discípulos por onze anos!

Beneditta conclama a todas:

- Minhas irmãs, eu agora vos pergunto, como fomos enganadas por tanto tempo? A sociedade desvirtuada e estritamente patriarcal, nos tem esmagado e colocado como subordinadas!

O que a Igreja fez com a história?

Assim como cada uma de vocês, sinto-me traída de todas as maneiras!

Cabe agora a nós, restaurar o equilíbrio, trazendo à luz esses conhecimentos.

É chegada a hora, irmãs! O momento é este em que Francisco faleceu, iremos amanhã até o conclave em Roma, reivindicar o trono de Madalena.

---

6 Pistis Sophia significa Fé e Sabedoria em grego.

Capítulo 4

COIMBRA, MARÇO DE 2022.

Katherine tentava se comunicar com sua tia há meses. Por não ter retorno, resolveu ir ao Convento Santa Clara, já que ela sabia que desde que Mafalda partiu para Itália, mantinha contato com as irmãs. Aproveitou também para sondar acerca da história da irmã Lúcia de Jesus dos Santos, uma das pastorinhas que teve visões de Nossa Senhora e morou por anos naquele convento.

Chegando ao convento Santa Clara, descobriu que sua tia partira para o Vaticano para participar do conclave, já que o papa Francisco acabara de falecer.

Mafalda ficou em companhia de sua melhor amiga e ex-irmã em Cristo, Beneditta Tolotti, com a qual mantinha amizade por 24 anos, desde o primeiro encontro de freiras que participaram em Roma.

Ansiosa pela sua busca Katherine liga para a tia. Como Mafalda não atendeu ela deixou uma mensagem:

– Tô… Tia é a Kathy. Assim que puder contacte-me. É urgente, preciso de ti!

Katherine ficou um pouco perdida sem a presença de sua tia, além de estar confusa com a visão do pergaminho e por começar a perceber a importância do mesmo, resolve então pesquisar mais acerca dos Segredos de Fátima.

Aproveitou que estava no Mosteiro ao qual a irmã Lúcia pertenceu e resolveu questionar a Madre Maria Clara Aveiro, prioresa do mosteiro e participante do Instituto das Mestras Pias Filippini, uma fundação que homenageia a Pastorinha.

Sem levantar muitas suspeitas, inicia a conversa:

– Então, Madre, peço-te desculpas pelo incômodo, mas já que a tia não cá está, caso puderes, é claro, gostaria de informar-me acerca dos Segredos de Fátima.

Neste momento, Katherine, sentiu pairar um mal-estar na sala de tal maneira que nem teve coragem de continuar com a conversa.

Fria como uma pedra de gelo a prioresa do convento, espantada com a conversa, ficou em silêncio.

– Katherine, ando a cuidar das crianças do instituto e não tenho tempo para estes assuntos, até porque não tenho nada para falar sobre eles.

Katherine, saiu dali sentindo ainda a energia estranha que pairava na sala do convento. Era como se alguém tivesse lhe dado um soco na boca do estômago.

Montou em sua Harley e subiu para a Universidade, foi direto para a sala 1023, onde recebia orientações de seu mestrado, no edifício de arqueologia da Universidade de Coimbra.

Chegando lá, passou correndo por Nuno, Mark e Feijó. Eles ficaram impressionados com sua atitude, foram atrás dela e entraram na sala também. Nuno, o mais chegado à Kathy, preocupado, pergunta logo:

– Então, Kathy, ocorreste algo contigo? Sumiste desde Albacara! Estais mal?

– Nuno, aconteceram-me tantas coisas! Agora não posso explicar-te. Peço-te, deixe-me a sós.

Nuno era seu amigo e confidente. Percebendo a tensão de Kathy sai da sala e convida os amigos para irem no *snack-bar* do João, oferecendo umas cervejas.

Katherine aproveita o momento e inicia sua busca pelo Segredo de Fátima através da internet, ficando totalmente impressionada com a história que estava lendo, mas ela não tinha a mínima ideia de tudo o que a aguardava.

Lendo os textos do Segredo de Fátima iniciou uma síntese do mesmo, observou seu relógio reparando que já se passaram três horas desde o início de seus estudos.

"Por hoje chega. Agora estou a precisar de uma Imperial e pôr minha cabeça a relaxar..."

Montou em sua Harley, desceu a Praça da Independência e começou a sentir aquele cheiro de castanhas pairando no ar, sua barriga roncando, lembrou que não comia nada desde o café da manhã. Chegando perto de casa, passou pelo *snack-bar* do João, resolveu entrar para encontrar os amigos que estavam sentados em uma mesa, gargalhando.

– Então, amigos, quero rir também. Conte-me esta anedota – disse Kathy.

– Tu não queres mais saber de nós! Só ficas agora para lá e para cá com ar de suspeita, que passa Kathy? – respondeu Feijó, o mais sacana.

– Deixe estar, Kathy, não é de brincadeiras, mas sua olheira chega a dar dó, a tese está a sugar-te! – menciona Mark, o mais intelectual de todos.

Kathy tomou um gole e sentiu a cerveja descendo redondo, estava morrendo de sede.

"Não devo mencionar o manuscrito ainda, mas posso ver se esses 'gajos' sabem algo mais sobre os Segredos de Fátima!", pensou Kathy.

– Então é assim: ando a estudar a história dos pastorinhos, vocês conhecem?

– Quem? Sim, claro, os gajos das ovelhas! Tem bué, cá em nossa terra. Tu sabes bem disto! – disse Feijó.

– Hahahahaha... Tu és um gozador sr. Feijó. Tu bem sabes que estamos a falar dos Pastorinhos que viram Nossa Senhora de Fátima – falou Nuno.

– Eu já ouvi falar dessa história, mas tu acreditas mesmo nisso? – menciona Mark

– Eu tenho certeza que sim, malta. A mãe, que é católica, vai sempre à Fátima. Eu mesmo, fui ter na casita deles, que é bué pequena! Jacinto e Francisca eram uns nanicos e estão enterrados na Igreja de Fátima. A tal última pastorinha, morreu velhita cá mesmo em Coimbra, no Convento Santa Clara – disse Nuno.

– Mas o que tu queres saber, Kathy?

– Ouvi falar desta história e fiquei bué curiosa. Por que, não posso?! – Kathy questionava.

– É pá! Desculpa lá, não precisas ficar parva! É assim... – disse Nuno. – Dizem que o 1º e o 2º segredos são bué tranquilos, mas que o último afeta a Igreja Católica e este é difícil de se achar. E tu sabes algo a respeito?

Kathy introduz:

– Ao fazer um resumo do que li, em 13 de maio de 1917, três crianças, Lúcia, Francisco e Jacinta, que Nuno, mencionara, conversaram com Nossa Senhora.

Ocorreram várias aparições e todas coincidentemente em dias 13, o que é bué interessante! Na última aparição, várias pessoas presenciaram o milagre do sol se deslocando no céu em várias direções.

– Isso parece-me mais com uma aparição de um OVNI – menciona Mark.

– Mas isso que dizes tem todo o sentido! – falava Feijó.

– Deixe-me continuar com o meu resumo, ok – Kathy retorna. – Das três crianças, sabemos que Jacinta e Francisco morreram bem jovens, porém Lúcia morreu velhota aqui em Coimbra e ela deixa-nos a vossa história.

Basicamente o segredo fala de três coisas. Olha que é de loucos... A visão do inferno; a punição do mundo; e a terceira e última parte, que chega a ser difícil a busca na net, parece-me que está muito bem guardada e protegida pelo Vaticano. Menciona uma perseguição religiosa aos cristãos, com o atentado ao Papa João Paulo II, assim como a queda da Igreja e é dito também que o diabo tomou conta do trono de Pedro. Incrível, não é?! – Kathy finaliza.

Feijó aumenta o mistério:

– Eu soube, através do pai, uma história bem interessante. Não sei se já havia dito que o velho é um Templário.

– Ahhh! Fala sério! – disse Mark. – Isto existira faz anos, não cá existem mais!

– Estais enganado, amigo Mark. Senta-te e cala-te, que a história é bem gira! Sabe-se que a Ordem dos Cavaleiros do Templo originou-se como uma das ordens militares criadas para proteger os peregrinos que iam à Terra Santa.

Como eram estupendos nisto, criou-se muita fama e nobres de toda a Europa enviaram seus filhos para serem Templários.

Isso fez com que a Ordem passasse a ser muito rica e popular em todo o continente europeu e oriente médio. Chegaram até a citar que eles foram os inventores dos bancos e letras de câmbio da época. Como tu sabes, Mark, dinheiro e poder atrai a inveja e corrupção.

Revoltados com o status da ordem, o Rei da França, Felipe o Belo e o Papa Clemente VI, que era patrocinado pelo Rei, criaram uma conspiração para usurpar os bens e o poder dos Templários. Aí, iniciara a perseguição até conseguirem matar o grão-mestre, Jacques de Molay.

Após isto, muitos partiram para vários países e continentes tentando refugiar-se – contava Feijó.

O *snack-bar* do João fervia naquela noite. Kathy estava impressionada com o rumo da conversa e espantada com o conhecimento de existirem ainda Templários vivos em Portugal.

E Feijó continuou:

– E o nosso aventureiro D. Diniz, em 1319, instituiu uma ordem que sucedera a anterior, a "Ordem de Cristo" que fora confirmada por uma bula papal que não lembro-me o nome.

– Essa história é bué interessante. E onde seu pai entra? – comenta Nuno.

– Ele disse-me, ora pois, que além dele, aqui em Portugal tem vários amigos da Ordem e que nas lojas, mencionam que a Fátima que dizem ser Nossa Senhora que visitou os pastorinhos, era, na verdade, a quinta filha de Mohamed e Khadija.

Que recebera do profeta o título de "Az-Zahraa", que significa "a resplandecente", porque quando rezava, refletia a luz em seu semblante.

– Como assim? Mohamed, o profeta Maomé? – pergunta Kathy.

– Isso mesmo, Kathy. E nós quatro, através de nossa pesquisa no Castelo de Leiria, sabemos da influência islâmica em Portugal, não é mesmo?!

Todos ficaram por um minuto pensando e Kathy ofereceu mais uma rodada de cerveja.

– Estive no Convento das Carmelitas, em Santa Clara. Lá não falaram-me nada, e por isso fiz minhas buscas. Mas, pelo visto, somente terei uma história real buscando em sociedades secretas.

"Terei que ter com o pai. Será que as lojas secretas explicam melhor esta trama?!"

Capítulo 5

VATICANO, MAIO DE 2022.

Faltam 430 dias

O avião pousou em Roma, no Aeroporto Leonardo da Vinci di Fiumicino, após uma intensa turbulência de vinte minutos. Kathy suspirou aliviada.

Nos arredores da praça de São Pedro, Kathy ficou impressionada com tantas pessoas amontoadas. Pensava que estavam lá unicamente pelo conclave. Muitas velas acesas, uma atmosfera de apreensão. Mas depois de um tempo observando o local, assustou-se com a quantidade de freiras nas ruas e pelo que demonstravam, estavam em seções organizadas.

“Não será fácil achar a tia com tantas madres na rua assim”, Kathy pegou o telemóvel e discou...

- Tô. Tia, onde estás? Sim, perto do obelisco. Com tantas pessoas amontoadas, acredito que estarei lá em dez minutos. Ok.

Ao chegar ao monumento, percebeu que a tia estava confabulando com mais tantas irmãs e impressionada com tamanha confusão, questiona:

- Que passa, tia?

- Estás a perceber o grande movimento? Não soubeste que a comunidade cristã feminina está em pleno vapor a reivindicar nossos direitos?

- O que estais a dizer, tia? Não sabia de nada!

- Tu sabes como ando ausente do Convento em Coimbra. Ando a estudar com a Flor de Lis muitos textos que foram ocultados pela Igreja.

- O que é Flor de Lis, tia?

- As irmãs Carmelitas daqui de Florença, foram excomungadas em 2011. Enfim, a história é longa, minha amada sobrinha. Só sei que se juntaram e começaram um movimento, às escondidas, que transformou-se na Sociedade Flor de Lis, em homenagem à Maria Madalena.

- Sei que na história, várias iconografias referem-se a ela com a Flor de Lis, por isso o nome da sociedade?

- Exatamente, flor de sobrinha. Então... Estas reuniões aconteceram para que aumentássemos nossos conhecimentos de tantos anos de encobrimento de textos que para nós e toda a comunidade da Igreja foram excluídos.

- Mas por que foram excluídos, porque conhecimento é poder?

- Sim. E com isso os dogmas da Igreja foram criados e a sociedade se alicerçou com esta base.

– Meu Deus, tia, isso é muito grande e modifica tudo!

– Pois. Nós sabemos e por isso que cá estamos. E tu? Vieste cá por quê? Ligaste-me tão afoita, o que passa, minha flor?

Esta era a maneira afetuosa de chamar sua sobrinha.

– Tia, tu não tens a menor ideia do que aconteceste--me. Mas para contar-lhe temos que ter no hotel, pois cá não posso falar-lhe.

A tia despede-se das noviças e vai com a sobrinha até o hotel.

– Antes, preciso tomar um duche. Estou exausta porque desde que cheguei estava a procurar-te.

– Ok. Estou cá a preparar-nos uma bela chávena de café.

– Tia, eu quero um Porto e acho que tu também vais precisar.

A tia aguardava ansiosa pela sua flor.

Ao sair do banho, Kathy com suas madeixas longas, seca-as e veste sua camisola de lã branca, umas meias e senta na cama com sua tia.

– É assim... Estava lá eu e a malta em Albacara, e... – inicia sua narrativa. Após uns tantos minutos pega sua pasta e abre, mostrando o pergaminho.

Mafalda ficara hipnotizada com aquele papel aveludado e com tantos símbolos e línguas diferentes, sem entender, de queixo caído com tamanho documento, observara a assinatura abaixo.

– Florzinha, é de Lúcia a última pastorinha! E vira a taça de Porto de tão aflita que ficou.

Como assim? Se todos os documentos referentes a ela, a Igreja capturou e foram anunciados de certa forma os três segredos! Que carta é essa, aliás manuscrito, pergaminho, que isso!?

- Calma, pá. Sabias que reagirias assim. É de malucos, não é? Cheguei a procurar-te no convento e a falar com a prioresa.

- Tu não falaste disto com ninguém, falas-te, flor?

- Claro que não tia, achas que sou parva? Tentei questioná-la a respeito dos três segredos, mas a gaja fechou-se em sete copas. Percebi logo que estava a pisar em vidros. Então, retirei-me e fiz pesquisas por conta própria. Além de um dia conversar um pouco com a malta bebendo uns copos para ver o que eles sabiam e a conversa foi bué interessante. Mas, enfim, cheguei à conclusão que só em sociedades secretas, descobriremos mais a fundo a questão.

- É verdade, acredito que estás coberta de razão. Estes assuntos são muito fechados nas igrejas e depois de tudo o que vi por esses anos, agora tenho mais que certeza que esses conhecimentos existem e estão ocultos para pessoas que não procuram e devem estar sim nessas lojas secretas. Mas tu achas que é por aí que começamos?

- O que, tia? Tu vais estar comigo? Mas e este movimento todo que estais a fazer parte?

- Façamos assim. Ficamos mais um tempo por cá e falamos só com Beneditta, que é a única que de fato confio e a seguir viajo contigo para pesquisar, ok?!

- Ai, que amor que tu és, minha tia. Amo-te muito e obrigada pelo apoio.

- Mas tu pensas em começar a procurar por onde, Kathy?

- Tia, estou a pensar em visitar o pai. Ele não faz parte de uma sociedade secreta?

- Boa. Acho que começamos por aí então - disse a tia

- Mas, por agora, vamos jantar que estou como uma gana para comer uma típica macarronada italiana e sentir os ares de Roma.

Após estarem fartas de tanto comer, resolveram passar na praça e ver o andamento das coisas.

Assim que chegaram, perceberam que a guarda suíça em massa estava presente e que havia também muitos jornais, câmeras e entrevistas acontecendo no local. Mas não tinham mais nada a ver com o conclave, já que este teve seu término em meados de maio, com a escolha para Papado do Cardeal Italiano Giovanni Scola, o novo Pedro.

Haviam especulações de que o novo *papabile* que foi escolhido, disputou com mais sete cardeais e que a votação ficou emparelhada até o último instante, fator da demora de mais de um mês do novo representante de Deus.

Beneditta era o centro das atenções, não parava de dar entrevistas, acreditava que quanto mais o povo soubesse da omissão da Igreja, mais fácil seria conseguir a entrevista com Pedro, o novo Papa.

Mafalda se aproxima de Beneditta, que era entrevistada. Ela viu a amiga, aproveitou a deixa e despediu-se da jornalista, indo em sua direção.

- Ainda bem que chegaste. Estou esgotada de tanta televisão - disse Beneditta.

- Viraste atriz, Bene? Não podes ficar metida, heim?! - brincou Mafalda com Kathy e as três riram.

- Esta é a sobrinha que já conheces de tanto ouvires falar!

- Olá, Kathy, tenho imenso prazer em conhecê-la. Sua tia fala imenso de ti.

- Obrigada, Beneditta. Sei também de ti desde adolescente em que ela contava-me os seus encontros. Tu falas muito bem em português.

- Foram as viagens e o contato que tive com pessoas, além de sua tia que ensinou-me a língua. Mas o que passa? Tens um aspecto de preocupada?

Mafalda a interrompe e diz-lhe:

- É pá, preciso falar-te algo muito importante, mas não cá!

- Mas tu não vais acampar aqui conosco?

- Sim, penso que vou. Mas precisamos tirar-te um pouco deste tumulto e acho que tu, com tamanha história que iremos contar-lhe, não conseguirás ainda hoje voltar à praça.

- Então vamos, despacha-te logo - disse Kathy. - Vamos que estou ansiosa com sua interpretação. A tia não parava de falar de teus conhecimentos e presumo que gostarás do que vais ver.

Beneditta explica às suas irmãs em Cristo que um acontecimento inusitado ocorreu e que, no mais tardar amanhã, estaria de volta.

Ao chegarem ao hotel, Kathy conta tudo para Beneditta e esta por sua vez, não acredita no que seus ouvidos estão a transmitir. Mas ao segurar o manuscrito, fica emocionada com tamanha descoberta.

- Kathy, tens noção do tamanho desta descoberta? - perguntou Beneditta.

- Ainda não, Beneditta. Mas presumo que irá abalar muita gente. Mas não chores!

- Querida, tu fostes escolhida por Deus para encontrar este manuscrito e sinto, no fundo de meu coração, que esta descoberta irá transformar o mundo que vivemos.

- Tu achas mesmo, Bene?! - Mafalda disse. - Mas acredito que algo incrível está sendo desvendado para nós três.

Kathy, sentindo a emoção daquele momento, abraça as duas e fala:

- Atenção! Nós fomos escolhidas porque nós desvendaremos este segredo.

Elas abraçaram-se sentindo a grandeza do momento daquele encontro.

A madrugada chegou e elas não paravam de especular sobre o pergaminho. Ao raiar do sol, Beneditta e Mafalda foram ao encontro das mulheres na praça.

O colégio dos cardeais estava preocupadíssimo com que viam.

Aquele amontoado de irmãs ao redor da praça, acampadas, dando entrevistas nas televisões, exigindo que fossem ouvidas. Apavorados com os conhecimentos que eram expostos em público, decidem falar com o Papa para que este tome as decisões necessárias para que aquilo pare.

Giovanni Scola, o novo Papa, estava no auge de seus 76 anos. Era um homem prático e obstinado. Observando as transformações da sociedade vigente e as modificações que ocorriam na Santa Madre Igreja, percebia que eram tempos de muita mudança.

Absorto em seus pensamentos, enquanto Francesco o vestia, este começou uma conversa:

– Meu senhore, ando pensando nesse movimento de transformações e em tudo que é exposto ao público. Pergunto-me se não seria o mais acertado incluir, assim como ocorreu em diversas épocas distintas, alguns textos apócrifos na nossa Bíblia, principalmente os que são comentados na mídia.

Assim podemos acalmar um pouco os ânimos dessas senhoras. Elas sentiriam que a Igreja tem o interesse da verdade! – menciona Francesco.

– Figlio, penso profundamente em como podemos apaziguar um pouco esta situação. Esta ideia é muito radical e transformadora. Tenho a certeza de que, caso isso aconteça, a guerra que travaríamos entre o nosso colégio e irmãos seria o fim de tudo que foi construído até hoje. Anteriormente, os dogmas não estavam tão oficializados e era mais fácil driblar a comunidade. Agora parece-me que os tempos trazem mais informações ao cidadão comum, e se fizermos isso será que em vez da paz eu não traria a espada?

– Não sei, meu padre. Mas receio que não temos muito a fazer e conversando com Fiona, que tem recebido muitas cartas da tal Flor de Lis, ela menciona que o teor sempre a interessa muito. Receio que até as irmãs que fazem parte de nossa família, estejam tentadas a nos deixar para aderir a esse movimento.

– Chame Fiona, Francesco, quero conversar com ela! – ordena o Papa.

Francesco era secretário de câmara do santo padre. Acompanhava-o diariamente em todas as audiências públicas e privadas, além de lhe servir café da manhã, vinho nas refeições, chá da tarde, acompanhando-o aos seus passeios matinais, despindo-o, colocando-o em seu leito de sono, trazendo as boas-vindas de um novo raiar do dia.

Além dele, faziam parte de sua família intramuros pontifícia, suas quatro laicas consagradas: Viviane, Marcella, Fiona, Secilia, e seu secretário, o Padre Paolo.

– Sim, Magnífico, estou a vossa disposição – Fiona se ajoelha e beija o anel do papa.

– Figlia, preciso saber mais a respeito da Flor de Lis. Mas que esta conversa fique só entre nós e Francesco, por enquanto.

– Que bom, Santíssimo, que estas interessado em nós! – Ela julgava-se uma delas.

– Sempre estive e estarei disposto a equilibrar a nossa fé.

– Ó, amado reverendo, temos que marcar logo um encontro com as irmãs que representam a Flor de Lis. Acredito que chegarão a um acordo de paz.

– Então, figlia. Faça isso às escondidas. Receio que teremos muitas complicações caso os irmãos saibam desta minha vontade. Você sabe que tenho que representar a todos, mas principalmente sou um representante do Altíssimo e tenho que primar pela harmonia. Vá e não demores. Marque esta reunião o quanto antes e estarei aqui em oração para este acontecimento.

Fiona, animada com suposta possibilidade, desce às escondidas até a praça de São Pedro para encontrar-se com seu ídolo, Beneditta.

– Cara mia, temos boas notícias! – Fiona, emocionou-se a falar.

– Que belo, conta-me! – Beneditta se retira para um local mais afastado e elas confabulam sobre o teor da conversa com o Santo Padre.

Felizes por poderem ser ouvidas, as irmãs percebem a fragilidade do momento e o perigo que corriam com o suposto encontro. Sabendo da incompatibilidade de pensamentos dentro da Santa Sé, além de muita sede de poder do colegiado, percebem que estão diante de um enorme perigo, já que alguma modificação no sistema tradicional abalaria os pilares da Igreja e muitos não estariam nem um pouco interessados nesse acontecimento.

Então, resolveram travar um plano para que Beneditta estivesse com o pontífice.

O encontro com sua santidade ficou marcado para os próximos dias, que coincidentemente, seria uma sexta-feira, 13 de junho.

O entardecer daquele dia era magnífico, mas cheirava a mistérios. O vislumbrar do pôr do sol escondendo-se na Praça de São Pedro com o céu vermelho intenso parecia antecipar os acontecimentos vindouros.

Beneditta, magoada e descrente com a Igreja, chegou a lembrar de uma época passada e fatídica.

Era uma sexta-feira, 13 de outubro de 1307.

A praça de Notre Dame fervia, observando Jacques de Molay sendo arrastado, amarrado para sua execução na fogueira.

Era o 22º mestre da Irmandade de Cristo e do Templo de Salomão, uma ordem que existira por 200 anos. Fora capturado junto com seus dignitários devido à cobiça do Rei Felipe, o Belo, e pela inveja da Igreja.

De Moley era subordinado hierarquicamente ao papa Clemente IV. Este o chamou da Palestina para ver sua opinião acerca de uma nova cruzada. Queria unir as forças dos Templários e Hospitaleiros de São João, já que a Terra Santa já estava perdida para o Oriente.

O Grão-mestre obedeceu ao pedido do papa, viajou para o ocidente com seus 200 cavaleiros, transportando todo o tesouro que a ordem continha no oriente, mesmo sabendo do perigo que corria.

Foi recebido pelo Rei Felipe, o Belo, que percebendo a fama e querendo se apropriar dos bens e riqueza da ordem, tentou fazer algum tipo de aliança com de Moley. O mesmo acontecera com o papa que quisera a qualquer custo a fusão com a Ordem dos Hospitaleiros. As duas ofertas foram recusadas com firmeza.

Assim, Jacques de Moley assinou sua sentença de morte, de seus cavalheiros e da sua Ordem.

– Fiona, anda, despacha-te logo. Ajudo-te a tirar a roupa rápido para que Beneditta chegue na hora marcada – disse Mafalda.

A conversa tão esperada fora marcada para as 22h daquela noite. Horário que o Papa, dizendo estar cansado, ficaria à espera da representante da Flor de Lis.

As irmãs resolveram trocar as roupas aproveitando a mesma altura que tinham e esta seria a maneira mais fácil de entrar no Vaticano sem chamar tanta atenção.

Beneditta, teria apenas que passar pelos primeiros portões até chegar próximo ao apartamento do Papa utilizando-se de uma câmara secreta que somente a família intramuros conhecia.

Com o apoio incondicional de suas irmãs de alma, sentia o coração pulsando em sua boca, tamanha ansiedade em que se encontrava.

- Irmãs, orem com fervor, que hoje daremos um grande passo ao nosso destino.

Ela, já em oração, pensava:

"Digníssima Maria Madalena, proteja-me dentro destes portões de ferro, que o véu que separa a Igreja, dissipe-se fazendo com que a luz do discernimento habite no coração do papa."

Beneditta consegue passar pela guarda suíça, por todos os portões que temia. Tremia de nervoso, mas sentia-se grande, enorme, representando todas as mulheres que sofreram no passar da história. Ali ela era e estava com Isis, Eva, Madalena, Marta, Maria, Joana d'Arc, Joana...

A luz prata do luar daquela noite a iluminava por inteiro. Sentia os raios pousarem sobre todo seu ser. Chegando à passagem secreta, ela observa o céu e olhando para a lua cheia, fez uma invocação reverenciando todo o Sagrado Feminino:

"Ó preguinante, orvalhada Lua a navegar pelos céus, que brilha para todos, que flui para todos, Luz do mundo.

Donzela, mãe e anciã.

Ser cativante e ser refrescante...

Isis, Astarteia, Kore, Cibele, Ceridwen, Levanah, Luna, Maria, Ana, Riannon, Selene, Deméter, Mab, Madalena, Joana d'Arc...

Olhe através de meus olhos;

Ouça com meus ouvidos;

Fale com minha boca;

Respire com minhas narinas...

Iluminai-me, protegei-me, abençoai-me e fazei-me um todo.

Que assim seja e assim se faça."

Pedro a esperava, sentado em sua escrivaninha, bebendo seu habitual café forte.

Naquela noite, orou muito ao Altíssimo, pedindo com todo o seu coração para que lhe transmitisse a atitude certa a tomar, devido a tamanhas proporções dos acontecimentos. Estava tão absorto em seus pensamentos que nem percebera a chegada de Beneditta.

– Santo Padre, a sua bênção! Ajoelhou-se no chão para beijar o seu anel.

– Figlia, que Deus nos abençoe nesse encontro!

Aliviada com a saudação, ergueu-se olhando diretamente no profundo azul dos olhos daquele homem.

– Sente-se, Beneditta. Espero que possamos trazer paz novamente à santa casa.

Ela, sentindo a força das deusas, incendeia-se por dentro e diz:

– É tudo o que queremos, padre. Mas para isso, a Igreja terá que abrir mão de muitas doutrinas e crenças.

O Papa questiona:

– Vejo que o movimento de vocês é forte, mas doutrinas... Cara mia, isso é a base da Igreja! Então o que vocês querem é uma nova Igreja!

– Não digo nova, mas autêntica, fiel aos ensinamentos de nosso Mestre Carpinteiro e de tantos espíritos de luz, como ele.

– O que você propõe? – Pedro estremeceria com o que ouviria.

– O Arcebispo sabe muito bem como foram selecionados os evangelhos e conhecimento é a base de tudo. Então queremos trazer luz à sociedade sobre os evangelhos perdidos.

Queremos um novo Concílio, onde sejam inseridos vários textos apócrifos para que o cidadão comum tenha uma real visão dos acontecimentos e adquira a consciência da verdade e da igualdade.

Pedro, passava a mão pelo rosto, transpirava de agonia.

– Além disso, queremos o reconhecimento oficial da incorporação de nós mulheres nos ministérios da Igreja.

Entendemos claramente que essa desigualdade social foi criada pela Igreja. Sim, porque fora criada pela Igreja! Foi a consequência de uma sociedade patriarcal e injusta. Chega de exclusões, opressões, discriminações e perseguições.

Os tempos são outros, estamos na era da informação e esta tem que ser facultada a todos.

Já praticamos na sociedade os mesmos papéis desempenhados pelos homens, trabalhamos lado a lado, não teria como ser diferente dentro da Igreja.

Jesus reconhecia as mulheres em amor e igualdade, e se a Igreja se baseia em seus ensinamentos deveria agir como o Mestre.

– Figlia, sei que a comunidade cristã feminina anda descontente, mas fazendo isso estaria alterando a nossa Igreja, você não entende?

– Mas o que verdadeiramente importa? Os dogmas feitos por homens ou seguir a Jesus e Deus?

Ele que é o caminho, a verdade e a vida? Ou o homem é que é o caminho, a verdade e a vida?

O mundo dos homens é o mundo que a Igreja criou. É este o mundo que a sociedade viveu e ainda vive.

Lembrando as escrituras, Santo Papa, o grande dragão é que governa este mundo! Então é Satã que está no comando desta Igreja?

Beneditta no ardor de seus sentimentos, continua quase que gritando.

– Represento aqui hoje, todo o sagrado feminino. Todas as mulheres traídas e mortas na história. Todas as mulheres discriminadas na sociedade.

Queremos equilíbrio e justiça. Chega de usurpação do conhecimento em prol do poder.

Queremos ministrar missas, ouvir confissões na comunidade, ter os mesmos direitos, estando no nosso devido lugar em igualdade. Resgataremos, assim, o trono de Madalena.

Pedro quase desmaia com aquilo tudo e começa a passar mal. Beneditta sentia-se esplêndida como um sol radiante e muito feliz pela sua coragem.

Ela vendo aquela figura do Papa, que ficara pequenino à sua frente, busca-lhe água.

– Beneditta, o que você propõe é muito grande e se digo amém para as tuas palavras, ocorrerá uma batalha interna no Vaticano.

Beneditta levanta e foca aqueles olhos turquesas.

– Bispo de Roma, o senhor não vê que não há por onde correr?

É chegada a hora de uma reforma! Mesmo que uma batalha seja travada internamente na Santa Sé, a Igreja renasceria muito mais forte e triunfante, pois teria como alicerce o respeito a princípios fundamentais como a dignidade humana, defendendo de fato, valores pregados pelo Carpinteiro.

Os tempos urgem por conhecimento, por clarezas. A sociedade clama por justiça e equilíbrio. E as pessoas, Padre, já estão a par do nosso movimento, estão lendo os pergaminhos e tantos textos ocultados por esta instituição.

Se não for esta batalha que travarás, uma guerra terá que confrontar! Temos o apoio em massa da sociedade atual, o apoio da mídia, o mundo todo nos escuta! Agora me despeço, Santo Padre, e deixo-lhe com seus pensamentos na esperança que o Padre tenha discernimento e faça o necessário para que não tenhamos esta guerra.

Nas suas mãos, deposito o futuro da Igreja e de uma sociedade justa e equilibrada.

Beneditta, chega à praça de Roma e se reúne com a Flor de Lis, aguardando informações.

Francesco entra no apartamento e encontra Pedro exausto e ajuda-o a despir-se. O Papa pede-lhe que anuncie à toda a comunidade uma assembleia de urgência ao raiar do sol.

Chegada a alvorada, a Capela Sistina tremia com os burburinhos e conversas paralelas. Todo o colegiado estava presente, aguardavam a presença do Bispo de Roma.

– Irmãos, obrigado pela participação de todos. Rogo a Deus que ajude-nos nesta empreitada. O momento é duro e nem um pouco suave.

Gostaria que alguns de vocês se pronunciassem a respeito deste motim das freiras.

O verão já se fazia sentir em Roma e as noites estavam agradáveis ao ar livre. Na praça, a Flor de Lis, ganhava terreno e admiração de toda a população italiana, além do apoio ser massivo entre várias outras pessoas. Chegavam pilhas de cobertores, roupas e alimentação doadas de toda a Europa, em admiração pela luta que as freiras travavam. O silêncio da Igreja só fortalecia os ânimos destas "mulheres de Atenas", corajosas e resolutas a modificarem os pilares da Igreja.

Na Capela Sistina...

O Cardeal Antonio Lopes, um dos *papabile* menciona:

– Temos que resolver esta confusão, Santo Padre. Estamos perdendo o respeito por parte da comunidade. Depois de tantos sacrifícios nestes anos todos para ocultar tamanhos conhecimentos, como que estas freiras podem fazer isso conosco?

– O papa tem que excomungar, excluir todas as freiras que participam desta tal de Sociedade Flor de Lis – mencionava o cardeal Walter Schmidt, patrono da santa inquisição.

– Se as colocarmos nesta posição, serão mártires e ganharão terreno – dizia o cardeal francês, Cleude Lustinger.

– Mas se as freiras continuarem a declarar pelos quatro ventos estas informações, como ficará a nossa imagem? E, afinal, o que elas pretendem? – comentava o Bispo Augustus Acco.

Aproveitando a deixa, Pedro inicia:

– Tive informações de fato acerca da Flor de Lis e peço-lhes que me escutem com a devida atenção. Que levem em conta os acontecimentos visíveis aos nossos olhos aqui mesmo na praça de Pedro, o fervor deste movimento e os tempos atuais.

Pedro proclama as modificações exigidas pela Flor de Lis.

Os Bispos e Cardeais discutiam fervorosamente e a tensão pairava no ar.

- Teremos alguns dias para pensar a respeito destas prerrogativas. Convido-os para no dia 11 de julho, realizarmos um novo Concílio e resolvermos de fato as questões.

Toda a comunidade do Vaticano confabulava a respeito daquelas mulheres. Eram Bispos, Cardeais, funcionários, guardas que faziam parte de uma instituição de mais de vinte séculos.

Alguns membros estavam particularmente mais abalados. Era o caso de Carlo Basoli, Presidente do Banco do Vaticano, o Instituto para Obras Religiosas (IOR) e seus associados.

Preocupados com o destino do IOR, realizavam reuniões diárias para tomar as precauções necessárias.

Era de senso comum na comunidade eclesiástica, os conflitos de interesses, denúncias, prostituição, pedofilia, patrocínios políticos... Ocorriam diversos escândalos que a Santa Sé tentava, como sempre, ocultar através de sua polícia secreta.

- E qual seria o destino desse banco na mão daquelas mulheres? Isto seria impraticável! - sentenciava Basoli em uma de suas reuniões.

Giovanni Scola realmente preocupava-se com toda aquela mudança dos acontecimentos e com o rumo de sua Igreja.

Não conseguia deixar de pensar nas palavras daquela mulher forte que conheceu na reunião. Lembrava ainda do seu perfume almiscarado que sentiu naquela noite impactante. Ali para ele, foi um marco que colocou à prova todo o seu sistema de crenças instituído.

Um dia antes do conclave acontecer, Scola decide convidar trinta Bispos e Cardeais mais chegados para almoçarem no Palácio de Castel Gandolfo, a residência de verão do Papa, para discutirem sobre os acontecimentos e propostas da Flor de Lis.

O relógio anunciou meio-dia em ponto. Juntamente dele, a barriga do Papa roncava tremendamente.

– Figlios, andiamo a mangiare!

A mesa era redonda. Scola era fã da época medieval e dos contos de Arthur e seus cavaleiros da Távola Redonda. As taças cristalinas aguardavam o líquido precioso, a mesa era iluminada de cepparellos, chardonnay, chianti, syrahs.

Os pratos, com suas cores fortes e exuberantes, pareciam vir de uma cena de fotografia. A mistura dos cheiros pairava no ar. Havia antepastos, espaguette, penne, gnocchi com ragú, costrini néri, risoto, linguiças, pombo e coelho frito. Fariam como os freis, fartar-se-iam de tanto comer.

Os Cardeais e Bispos sentados, conversavam ansiosos com o rumo que aquele almoço poderia tomar. Aguardavam o brinde de início:

– Irmãos, invoco o Pai Santíssimo, o Alpha e o Ômega, para que a clareza esteja conosco. Penso que nossos corações e mentes têm ideias muito semelhantes, por isso quis que viessem neste almoço.

Vivemos numa nova era, muito diferente do início dos tempos. A Igreja sempre caminhou com a tradição, mas sabemos que nem sempre com a verdade. Os tempos são de informação, não podemos mais ficar ocultando fatos tão reveladores e importantes, tanto que estes vieram à tona.

Os mistérios de Deus têm muitos desígnios. As irmãs deste movimento participam também da nossa fé e sinto que elas são instrumentos de Deus, nos dando um sinal de como seguir nesta sociedade contemporânea.

Acredito que, juntos, conseguiremos recuperar até a popularidade da nossa Santa Sé, que perdeu tantos adeptos e fiéis para outras religiões.

Brindo à evolução! À uma Igreja mais coesa, verdadeira, íntegra dos valores de nosso Cristo.

- Salute!

Todos brindavam em conjunto na espera de uma reforma Crística na Igreja.

O Papa Giovanni Scola, saboreia o tinto e cai no chão, desacordado.

Francesco, seu secretário particular, desesperado, coloca seus dedos no pescoço do papa, para aferir seus batimentos cardíacos. Levanta os olhos marejados de lágrimas para os convidados e diz:

- Finito.

O grupo levou o papa às pressas para o Vaticano e lá ele é tido como morto.

Fiona, desesperada pelo acontecimento, sai correndo para avisar Beneditta que estava tão confiante com este novo concílio!

Fiona chegou com o rosto inchado de tanto chorar. Observou Beneditta, juntamente de Mafalda e Kathy, sendo entrevistadas pela jornalista Sara Abbas da TV RAI.

Mafalda percebeu o desespero de Fiona e pediu, aos ouvidos de Bené, que terminasse logo a entrevista. Despediram-se da jornalista, voltando-se para Fiona.

- Que houve? - Bené pergunta.

Ela se joga aos braços de seu ídolo e diz:

- O papa está morto.

Beneditta reúne as irmãs. Elas tinham certeza absoluta que ele fora assassinado por estar a favor da reforma da Igreja. Elas sabiam e sentiam o que enfrentariam. Cansadas de não serem ouvidas e estimuladas com a força de todo o conhecimento negado, e de toda a conspiração para que jamais chegassem ao poder, resolvem travar um confronto direto.

Destemidas, mais de cinco mil mulheres invadem o Vaticano e iniciam um campo de batalha.

Neste mesmo instante, Bené e suas companheiras sentem um tremor intenso sob seus pés. As participantes da Flor de Lis corriam o mais que podiam, tentando afastar-se sem saber o que estava acontecendo.

Naquele momento, toda a praça de São Pedro desabava.

Mafalda e Kathy sentiram o tremor do hotel, saindo pelas as ruas para tentar entender o que passava e ao olharem para a praça, apavoradas em como a cidade do Vaticano fora tragada para o seio da terra. Aliás, parecia que nunca existira, havendo apenas um grande buraco em seu lugar. Oitocentos e vinte habitantes daquele Estado, afundaram naquele terremoto.

A Sociedade Flor de Lis teve algumas perdas, mas nada assemelhou-se com a Santa Sé que fora destruída por completo.

Era como se a Mãe Terra estivesse tão desiludida com aquele sistema, resolvendo dar seu grito de liberdade conduzindo a humanidade a um novo recomeço em que ela seria novamente parceira com Deus.

Muitos italianos foram para Roma tentar ajudar seus habitantes. Entristecidos com tamanha desgraça e perda da cultura italiana, a Basílica de São Pedro, o Museu do Vaticano, a Capela Sistina e a Praça de São Pedro estavam totalmente submersos.

Com as notícias sobre a tragédia em Roma, o representante da unidade nacional da Itália, o Presidente Georgio Francesco, intercede em cadeia nacional apelando a todos os membros da sociedade a juntarem forças para ajudarem na reconstrução daquela região. Além de comprometer-se conjuntamente com a Direção Geral da Polizia di Stato e com o Dipartimento della Pubblica Sicurezza, para investigarem a fundo a morte do último Papa Pedro que ocorrera anteriormente ao terremoto.

Com estes acontecimentos, a Igreja Católica no restante do mundo perdeu toda a sua força. O véu se rasgou e a população estava interessada na verdade, numa sociedade justa, igualitária, respeitando a dignidade humana.

Capítulo 6

Denver, novembro de 2022.

Faltam 246 dias.

Depois de passar uns três meses ajudando os romanos, Kathy vai ao encontro de Cliff, seu pai, juntamente com Mafalda, para tentar saber mais acerca do manuscrito.

Ao chegar em Denver, sua cidade natal, dirigem-se para sua casa de férias em Aspen, localizada a mais de 2400 metros acima do nível do mar, no centro das Montanhas Rochosas do Colorado.

Kathy ficou muito emocionada quando entrou em sua casa de luxo na montanha, situada num cantinho privilegiado com um visual magnífico da Aspen Mountain, próximo das lojas do centro e dos restaurantes.

- Tia, nem acredito pá! Cá estamos nós em casa. Quantas saudades tinha da minha vida junto ao pai.

- Flor, ele não tarda a chegar, deve estar lá no Capitólio com os outros senadores. Logo, logo, tu vais ter com ele.

- Então despacha-te e vamos ter com a malta em Aspen Mountain. Tenho imensas saudades do meu *snowboarding*. Ena pá! Sentir a neve em minha face, em velocidade a descer a montanha, é o que há melhor!

- Táis parva, ou o quê? Tu achas mesmo que a tia vai esquiar?!

- A tia, tu pareces aquelas velhotas, de Santa Clara, a velha! Hahahaha... Tu esqueceste de ser gente naquele convento. Quando moravas cá comigo e com o pai, tu adoravas esquiar, não lembras mais disso? Mas desde o dia que fraturaste o cu, tens bué medo.

- Querida, tens razão. Desde que ingressei nas Carmelitas, jamais diverti-me a praticar desporto. Não sei se tenho mais gana para sentir estas emoções.

- Não penses em magoar-te, estarei junto a ti para ajudar-te. E vamos a isso, pá, chega de conversas.

A casa do senador Cliff Stuarty era a típica casa de Denver. A família Stuarty era muito tradicional no Colorado.

Estabeleceu-se na região desde a época da corrida do ouro. Seu avô, James Stuarty, era um grande explorador, minerador. Adquiriu muitas posses através da extração de metais preciosos, sendo um dos produtores mais prósperos de prata na região.

Mike, seu filho e pai de Cliff, desde a tenra infância acompanhava-o em suas explorações. Adorava passear pelas minas observando os processos de extrações de metais. Trazia sempre em suas mãos diversos achados, suas pedras especiais, como ele dizia, ficando horas a fio, brincando com diamantes, pepitas de ouro em sua mão, reluzindo suas cores e sentindo o cheiro da terra que as envolvia.

Acreditava que eram joias que Deus plantou na terra e que ele era o escolhido para recebê-las. Sentia-se um privilegiado com tantos presentes diários. Assim cresceu exuberante em sua autoestima.

Cliff puxou a família com curiosidade aguçada desde pequenino, era um explorador nato. Sua atividade preferida era passear pelas montanhas a fim de encontrar objetos interessantes. Líder na escola, na equipe de futebol, conseguia tudo o que queria a hora que fosse. Obstinado, interessou-se pela política e pelo poder.

Já na faculdade, além de colocar seu pé rapidamente na política, seu interesse maior era o Ocultismo. Fã do Magista Aleister Crowler, de suas pesquisas e investigações. Autor do sucesso Líber Al vel Legis, ficando mundialmente conhecida como a Lei Thelema, uma filosofia que tinha seus preceitos fundamentais na liberdade e no amor, com suas frases predominantes, "Faze o que tu queres será o todo da Lei" e "Amor é a lei, amor sob a vontade".

Crowler comandou algumas sociedades secretas, Astrum Argentum e a Ordo Templi Orientis. Após sua morte, várias organizações se firmaram tendo como premissa principal, o legado de Thelema.

Na casa de Denver, o cômodo mais especial para Cliff existia após uma passagem subterrânea para sua câmara secreta. Lá ele guardava todos os seus achados ao longo dos anos. Repletos de artefatos egípcios, estátuas das Vênus, pergaminhos, estátuas, pinturas, tapetes, e outros itens. Porém, seu maior orgulho e tesouro era a Lança *Longinus*[1], conhecida também como a Lança do Destino ou Lança Sagrada, que feriu o peito de Jesus Cristo na crucificação.

Este era um dos símbolos máximos do Cristianismo, juntamente com o Santo Graal e o Sudário de Turim. Eram mistérios que todo pesquisador gostaria de obter. Diziam as tradições que aquele que possuísse a lança, tornar-se-ia o senhor do mundo, dotado de ilimitado poder. Seria considerado invencível.

Essa lança atraiu a cobiça de muitos poderosos da antiguidade, dentre eles, os imperadores romanos, Constantino e Justiniano, o Papa Inocêncio VIII, Carlos Magno, Otto, o Grande, Theodosius, Alarico (o rei visigodo que saqueou Roma), o General Charles Marquel, e muitos outros.

Mas existia uma terrível maldição para aqueles que a possuíssem: morreriam de maneira misteriosa pouco depois de obtê-la. Durante a Revolução Francesa, a lança desapareceu misteriosamente da Biblioteca Nacional de Paris.

Napoleão Bonaparte foi um dos personagens mais polêmicos que a tiveram em seu poder, além do enigmático Adolf Hitler, que após assistir à ópera de seu compositor favorito, Richard Wagner, em sua obra Percival, ao qual menciona a Lança do Destino, apaixona-se pela história fazendo de tudo para obtê-la.

---

1 Referência para visualização da imagem na Bibliografia.

Hitler ficava fascinado, analisando o artefato no Museu Hofsburg. Segundo relatos, chegando a narrar sobre o tema: "*Eu percebi de imediato que este era um momento importante em minha vida. Fiquei lá, silenciosamente contemplando-a por vários minutos, alheio a tudo ao meu redor. Ela pareceu conter um significado secreto e profundo que fugiu da minha compreensão, um significado que senti em meu íntimo que ainda não poderia fazê-lo vir à tona de meu inconsciente... Senti como se eu próprio a tivesse segurado em minhas mãos há alguns séculos atrás e que eu próprio uma vez a reclamei como talismã do poder e mantive o destino do mundo em minhas mãos. Que espécie de loucura era essa que invadia a minha mente e crescia como um tumor em meu peito?*".

Cliff, encantado com o poder que sentia emanar de seu precioso talismã, ficava horas a fio em sua câmara com a relíquia sagrada em suas mãos. Ali sentia-se o dono do mundo.

Após esta conquista foi convidado a participar da sociedade secreta o "Clube Bilderberg".

Entende-se por sociedade secreta um grupo mais ou menos numeroso de pessoas, que se caracteriza por manter reuniões estritamente limitadas a seus adeptos, e também por manter o mais absoluto sigilo a respeito das cerimônias e dos rituais onde se manifestam os símbolos que a esta sociedade se atribui. As finalidades das sociedades secretas são as mais variadas: políticas, religiosas, espirituais, filosóficas e até criminosas.

Em 1945, em Paris, Raoul Husson (1901-67), fisiologista e psicólogo, publicou um livro, sob o pseudônimo de Geoffroy de Charnay, em homenagem a um dos grandes

Templários franceses, condenado à morte, pelo fogo, em 1314, junto com o grande mestre Jacques de Molay. Husson revela em seu livro que as sociedades secretas mundiais formavam uma pirâmide de três degraus.

No primeiro degrau, de fácil acesso, encontram-se os homens considerados úteis. No segundo degrau, o acesso é mais selecionado e seus adeptos desempenham papéis importantes, influenciando no plano nacional e internacional.

No topo da pirâmide estariam as sociedades secretas superiores, que agem por trás dos bastidores. Todos os assuntos importantes da política internacional estariam nas mãos dessas sociedades que teriam vários nomes, mas com objetivos muito parecidos.

O Clube Bilderberg foi fundado em 1954 pelo príncipe Bernhard, da Holanda, pelo primeiro-ministro belga Paul van Zeeland, pelo conselheiro político Joseph Retinger, jesuíta e maçom do grau 33 e pelo holandês Paul Rijkens, presidente da multinacional Unilever.

O nome Bilderberg vem do hotel holandês que abrigou a primeira reunião[2], nesta mesma data.

Ocupando o palco das secretas reuniões que nunca são justificadas para o restante da população, cerca de 120 personalidades europeias e norte-americanas comentam suas gestões em privado, sendo fortemente assegurados pelos seus "assistentes pessoais" agentes da CIA, do MI6 e Mossad.

Esta sociedade secreta reúne um copilado de vários grupos existentes, como a Comissão Trilateral, a Mesa

---

2 Referência para visualização da imagem na Bibliografia.

Redonda, o Conselho de Relações Exteriores, a Comissão Europeia, as Nações Unidas, o Fundo Monetário Internacional (FMI) e o Clube de Roma.

Especialistas no assunto sugerem que esta organização está em busca de uma era do pós-nacionalismo: um momento em que já não haverá países, só regiões e valores universais, quer dizer, só uma economia universal, um Governo Universal, designado, não eleito e uma religião universal.

Para cumprir estes objetivos, os membros do Clube Bilderberg alienam o público de qualquer conhecimento acerca de seus encontros, reduzindo assim a chance de se organizarem e criarem resistências contra seus interesses.

Dentre os poderosos participantes, podemos encontrar: Alien Dulles (CIA); William J. Fulbright (senador de Arkansas e receptor de uma das primeiras bolsas de estudo Rhodes); Dean Acheson (secretário de estado do Truman); Henry A. Kissinger (presidente da Kissinger Associates); David Rockefeller (Chase Bank, JP Morgan International Council); Nelson Rockefeller; Laurance Rockefeller; Gerald Ford (ex-presidente dos Estados Unidos); Henry J. Heinz II (presidente do H. J. Heinz CO.); o príncipe Felipe da Grã-Bretanha; Robert S. McNamara (secretário de Defesa do Kennedy e ex-presidente do Banco Mundial); Margaret Thatcher (ex-primeira-ministra da Grã-Bretanha); Valery Giscard d'Estaing (ex-presidente de Franca); Harold Wilson (ex-primeiro-ministro da Grã-Bretanha); Edward Heath (ex-primeiro-ministro da Grã-Bretanha); Donald H. Rumsfeld (secretário de Defesa dos presidentes Ford e George W. Bush); Helmut Schmidt (ex-chanceler da Alemanha Ocidental); Henry Ford III (presidente da Ford Motor CO.); James Rockefeller (presidente do First National City Bank); e Giovanni Agnelli (presidente da Fiat na Itália), Rainha Beatrix, da Holanda; Lloyd Blankfein (Banco Goldman Sachs); Paul Gigot, (Wall Street Journal); Jaap de Hoop Scheffer, (Organização do Tratado do Atlântico Norte); Rei Juan Carlos I, da Espanha; Muhtar Kent (Coca-Cola); Henry Kissinger (ex-secretário do ex-presidente Richard Nixon e atual presidente da Kissinger Associates); Klaus Kleinfeld, (Siemens); John Mickletwait, (The Economist); Jorma Ollila (chairman da Nokia e da Shell); Príncipe Philippe, da Bélgica; Eric Schmidt (Google); Bill Gates (Microsoft); Klaus Schwab (Fórum Econômico Mundial); Javier Solana (Conselho da União Europeia); Michael Tilmant (ING Group); Jean-Claude Trichet (Banco Central Europeu); Daniel Vasella (Novartis); Jeroen van der Veer (Shell); Paul Wolfowitz (Banco Mundial); Robert Zoellick (Goldman Sachs e Banco Mundial), entre outros tantos.

Ocorreram inúmeros benefícios através da associação destes maestros mundiais com o Clube Bilderberg, como por exemplo:

1. Bill Clinton: assistiu a reunião do Bilderberg de 1991. Ganhou a nominação do Partido Democrata e foi eleito presidente em 1992.
2. Tony Blair: assistiu a reunião do Bilderberg de 1993. Subiu à presidência do partido em julho de 1994 e a presidência nacional em maio de 1997.
3. Romano Prodi: assistiu a reunião do Bilderberg de 1999. Renomado presidente da União Europeia em setembro de 1999.

4. George Robertson: assistiu a reunião do Bilderberg de 1998. Conseguiu a secretaria geral da OTAN em agosto de 1999.
5. Cliff Stuarty: assistiu a reunião do Bildeberg de 2015. Ascendeu ao cargo de senador dos EUA em 2022.

Sabendo da chegada de sua filha, estava ansioso por encontrá-la. Falavam quando possível pelo telefone e não se encontravam há mais de um ano.

Alguns dias após a chegada de Kathy na casa em Aspen, o pai foi ao seu encontro.

Chegando ao aeroporto Internacional em Denver, entrou em sua BMW conversível preta, deixando seus cabelos brancos voarem ao vento.

Cliff era extremamente interessante. Aos seus 56 anos, com seus 1,93 m de altura, ainda possuía um corpo atlético. Era um homem que, por onde passava, as mulheres literalmente viravam o pescoço. Porém, não era visto na companhia de mulheres.

Desde a morte de sua amada Teresa, não tivera outra esposa, nem companheira fixa, apenas de vez em quando aparecia em público com alguma namorada. Mas há anos isso não acontecia. Sua vida social se concentrava nos encontros e jantares dos Bilderberg, fora isso, estava sempre viajando em busca de novos objetos para colecionar ou na câmara secreta em sua residência.

Kathy, em sua estada na casa de férias, aproveitava o tempo livre o quanto podia. Adorava estar em sua montanha, ao ar livre, em contato com a natureza. Porém, além da prática desportiva, investigava diariamente tudo sobre o

Segredo de Fátima. Mafalda não deixava por menos. Ligou diversas vezes para Coimbra falando com suas irmãs em Cristo, pedindo que enviassem por fax tudo que existia no convento a respeito do assunto.

Naquela tarde, a neve podia ser vista pela janela de vidro, abraçando vagarosamente a Aspen Moutain.

Estavam as duas na sala, deitadas em seu tapete de Ardabil, um dos mais conhecidos e famosos tapetes persas, comprado de um corretor britânico após a sua restauração, de frente para a lareira toda envolta de pedras. Saboreavam um Porto Tamny envelhecido, enquanto estudavam todos os textos do Segredo de Fátima com o manuscrito aberto na mesa de centro. Nem perceberam quando o pai entrou em casa.

Cliff chegou com rosas nos braços para presentear sua pequena, como ainda a chamava. Ao chegar perto, percebeu que ela não estava sozinha. Mafalda, sua tia, que não via por mais de vinte anos, estava presente. Emocionou-se quando viu o rosto tão parecido ao de sua Teresa. Abraçou-a feliz pelo reencontro e por poder estar com sua Kathy. Estavam todos alegres, até que de repente, Cliff empalideceu e paralisou, nem conseguindo entregar as rosas para a sua filha.

- Que aconteceste, papá, viste fantasmas? - Kathy pergunta.

Cliff tentou disfarçar o choque que sentiu vendo aquele manuscrito repleto de simbolismos em sua frente.

Mafalda, observou a cena e sentiu um arrepio correr por todo seu corpo. Não entendendo nada, pegou seu Porto e ofereceu ao cunhado.

- Não, pequena, estou é parvo! Como tu, sinto tamanha emoção em estarmos juntos - falou o pai, resgatando as pronúncias portuguesas.

- Então não te preocupes que vim para matarmos saudades e temos muitas conversas para por em dia.

Ele, tentando relaxar e mostrar-se mais solícito com sua filha, perguntou sobre sua tese e vida em Portugal.

Kathy, feliz pela presença do pai, contou de sua vida em Coimbra, seus estudos, pesquisa, mas estava ansiosa para contar tudo o que aconteceu desde a sua descoberta.

- Kathy, a última vez em que nos falamos, tu disseste que irias ao Vaticano. Estavas por lá quando toda aquela revolução aconteceu? Não me digas que fizeste parte?

Essa era a vez de Mafalda entrar na conversa.

- Sim, sim... Claro que sim! Não poderíamos deixar de estar num movimento tão transformador para nós mulheres. Acredito que tenhas acompanhado tudo pelo telejornal. Se não foge de minha memória sempre te interessaste por religiosidade. Continuas com suas pesquisas? - indagou Mafalda

- Assim como tu Mafalda, tenho imensas curiosidades, mas as tuas eram muito pequeninas ao meu ver. Parece-me que acordaste com a Igreja! Tu conseguiste que o mundo visse as mulheres de outra maneira! - Cliff continua: - Sempre acreditei nesta igualdade dos gêneros, mas tenho receio que o "conhecimento" não deva ser para todos, porque muitos não estão preparados para tal.

- Ahhh, papa! Que asneira de sua parte! Como arqueóloga, e sua filha, sabemos que sempre é importante a busca do conhecimento e que este mérito é para todos!

– Nem sempre é assim, pequenina. Aliás de pequenina não tens é nada. Estais uma gaja e tanto, heim?! E neto, quando terei?

– Deixas disso pá! Estamos a conversar assuntos sérios e não interesso-me por ninguém. E tu tens o mesmo comportamento, então não aborrece-me com estas cenas – inquietou-se Kathy. – Continue papá, não acreditas que o conhecimento deva ser para todos?

Mafalada observava a cena, pensativa.

– Acredito que o conhecimento deve existir para aqueles que sabem gerir e tomar conta dos outros, se não é como o fruto que jamais amadurecerá. Então, por que plantá-lo naquele lugar? Vês tu que na Índia, até hoje, somente as castas superiores é que têm contato com o conhecimento.

Mafalda, sentindo o sangue a subir pelas suas faces, argumenta:

– Então tu acreditas que nunca deveríamos saber acerca dos manuscritos que nos foram negados, da história verdadeira do Cristo, da usurpação do sagrado feminino?

– Não vais bater-me, heim, Mafalda! Estás com aspecto enfurecedor! – Cliff ri. – Mas acredito na liberdade, lembra? Faça o que tu queres a de ser todo da lei, porém, acredito que o poder do conhecimento deva estar e ficar com poucos.

Mafalda começou a se preocupar com esta afirmação.

Cliff conversava e na maioria das vezes tentava observar aquele texto enigmático, surpreendido por nunca ter posto seus olhos naquele documento.

Enquanto conversava com elas, ficava tentando imaginar se o vira em algum lugar. Mas de maneira alguma parecia conhecê-lo. Tentando puxar conversa, pergunta:

- Digam-me as duas, e sobre a morte de Pedro? Descobriram afinal como aconteceu? Fora infarto como disseram ou assassinato?

Mafalda continua:

- Tu percebeste o movimento que fizemos que tocou mundialmente irmãs em Cristo, assim como mulheres comuns que tiveram conhecimento da verdade. Com isso, o colégio de Cardeais percebeu que era chegado o tempo de modificações na Santa Sé, mesmo sem concordarem.

Pedro, o papa, ficara a par de nossas exigências e a sentir a força que temos marcara um próximo concílio para ocorrer as alterações que seriam necessárias.

Um dia antes, em sua casa de férias, num almoço específico com seus Bispos chegados, ele morrera. Sabemos disso pela sua família pontífice que temos contato. Mas a seguir, tu deves ter visto que invadimos o Vaticano, por perceber que jamais conseguiríamos outra possibilidade de acordo de paz depois da morte do Papa, e acontecera tudo aquilo!

Infelizmente, perdemos muitas irmãs e homens de bem também, mas a mãe terra dera seu martelo final, tragando para seu seio, toda aquela ostentação que um dia fora o Vaticano.

- Isso deve ter sido de loucos! Mafalda, ainda bem que tu e a pequena estão a salvo. Mas, sobre o Papa, nenhuma confirmação?

- Até agora não sabemos de nada. Temos contatos com várias irmãs da sociedade que estão em Roma a ajudar na restauração. Entretanto, não temos nada confirmado até então.

Cliff continua:

- Mas sem a Igreja Católica, oficialmente regida pelo Vaticano, as congregações perderam sua força como eram. Parece-me afinal que vocês conseguiram o que queriam. Já ouvi falar, que por agora as mulheres é que oficializam os cultos!

- Queríamos o reconhecimento e a igualdade. Não sei se tu sabes, mas os ritos que celebramos não são dentro de Igrejas. Os acontecimentos são no meio da natureza com a participação atuante de todos que estão presentes. Sim, nós mulheres começamos o ritual, ou missa como era dito, mas para organizarmos, porém deixamos que todos participem, tendo o mesmo valor dentro daquele evento - Mafalda explicava.

- Papá, é tão emocionante esta cerimônia. Fizemos a última vez numa floresta perto de Toscana, que não fora tão abalada com o terremoto. Iniciamos com uma grande roda, invocando Deus (Pai, Mãe, Filho, Espírito Santo), fonte de toda a vida, os elementais da natureza, agradecendo a tudo e todos, renovando-nos através da natureza. Fazemos também a comunhão com pão e vinho, nos banhamos nos rios, cachoeiras e mares como rito de purificação. Realmente sentimos uma energia nova e direta de contato com Deus.

Mafalda, percebendo a emoção da sobrinha, continua:

- Fazemos como muitos outros fizeram em civilizações passadas que louvavam o Sagrado Masculino e Feminino através da natureza. Cultuavam o Deus Sol, a Mãe Terra e Mãe Lua. O Mestre Jesus e Maria Madalena, celebravam seus ritos, com amor, igualdade e simplicidade. Após a eles, muitos seguiram também seu exemplo, como foi o caso de São Francisco de Assis e Santa Clara e também com os Cátaros (os Puros) antes da Cruzada Albigense.

Cliff não parava de pensar em como podia pegar e ver melhor aquele documento e perguntou:

– Mas, então filha, que bagunça é esta! Posso saber?

– É assim... Quero muito contar-te o que aconteceu-me. Na verdade, vim para casa com a esperança de que tu, conhecido desses assuntos, ajudasse-nos a esclarecer um pouco mais sobre isso.

Ela acabara de pegar o manuscrito e com ele em suas mãos contou a história do seu achado.

Cliff, encantado com que acabara de observar, estendeu a mão para manuseá-lo.

Kathy o entregou. Ele se maravilhou com a textura do papiro e seus escritos incompreensíveis, observando uma assinatura no final de Lúcia de Jesus dos Santos, pensou:

"Essa não era a assinatura da última pastorinha, que vira Fátima!?"

E questiona a seguir:

– Acreditam mesmo que esta assinatura é da irmã Lúcia?

Mafalda respondeu:

– Sim, de certeza! Temos a assinatura dela no Convento de Santa Clara e ela ficou conosco por muitos anos.

Cliff com a cabeça a mil tentando entender aquilo tudo, falou para Kathy:

– Acredito que tens que deixar isto um pouco ao pé de mim, para estudar de fato este manuscrito e ajudar-te a desvendar este mistério.

Kathy, já ia dizer que sim, até que sua tia pegou o manuscrito da mão do cunhado e disse-lhe:

– Éh pá! Está a ficar tarde, assim depois de tantos copos não somos capazes de raciocinar direito. Amanhã conversaremos mais!

Puxou Kathy e subiram para o quarto.

Cliff nem conseguiu dormir direito tamanha sua curiosidade, além de uma sensação corroendo seu peito por não ter conseguido estar com ele por mais tempo.

Pensando no segredo de Fátima, resolveu observar tudo que estava espalhado em sua sala de estar, para resgatar em sua memória a história por completo. Cada vez que revia os textos ficava mais curioso ainda por nenhuma pesquisa mencionar o fato daquele manuscrito.

Resolveu ir para sua câmara secreta e telefonar para Eduardo Kollen, um membro ativo do Clube a que pertencia.

Este, o avisara que a próxima reunião ocorreria daqui a uma semana, no Ritz Carlton, em Istambul, Turquia.

Resolveu então, traçar um plano para possuir o manuscrito sem que a filha percebesse sua intenção e no dia seguinte começaria a colocá-lo em prática.

De noitinha, entrou no quarto da Kathy, muito vagarosamente, retirou o pergaminho de sua pasta com todo o cuidado para não acordá-la. Com seu telemóvel, bateu inúmeras fotos. A seguir, colocou o artefato em seu devido lugar.

Ligou para seu amigo pessoal, Charles Dee, grande ocultista, além de especialista em Hieróglifos, marcando um encontro para a manhã seguinte em sua casa no Reino Unido.

Katthy e Mafalda acordaram famintas, e foram tomar o café da manhã.

A mesa clássica de madeira maciça estava repleta de pães de toda a espécie, croaissant, ciabatta, sírios, com ervas, manteigas, queijos suíços e curados, geleias de damasco e framboesa, chás, café preto, leite e *waffles*.

No centro da mesa havia um cartão:

"Pequenina, peço desculpas pela ausência repentina. Telefonaram-me no meio da noite convocando-me para uma reunião com urgência. Virei ter contigo na próxima semana, para debatermos mais sobre o manuscrito. Espero que o café esteja forte a seu gosto! Beijinhos em ti e em Mafalda. Papá."

Mafalda, intrigada com a sensação que teve no dia anterior e aquela saída repentina, pediu licença à sobrinha, subiu as escadas e foi direto na pasta verificar se o artefato ali estava. Kathy, preocupada com a ausência de Mafalda, foi atrás dela e percebeu sua tia observando o pergaminho.

- Então, tia? Estás bem?

Mafalda não queria expor tudo o que pensava e sentia a respeito de Cliff, para não magoar-lhe, mas tinha que aos poucos abrir os olhos da sobrinha. Mas por agora tinha que despistá-la.

- Flor, pensei que tivera descoberto o teor deste primeiro símbolo. Mas olhando bem para ele vejo que fora ilusão de minha parte. Que pretensão acreditar que irei desvendar isto!

E ela mostra o pergaminho à sobrinha.

- Tia, não vejo porque tu não conseguirias! Sempre tiveste uma mediunidade apurada, por mais que no convento nunca apresentaste suas potencialidades, nunca hei de esquecer que salvaste-me daquele sequestro quando ainda era miúda. Os policiais já haviam terminado a busca, mas tu me viste e eles me salvaram.

Como não acreditar que tu irás me ajudar a solucionar isto! Com tua ajuda e a do pai, descobriremos tudo!

Kathy acreditava piamente em sua tia. Mafalda era uma clarividente de altíssimo grau e Cliff sempre foi seu modelo de exemplo. Não foi à toa que tornou-se arqueóloga, o admirava demais!

Mafalda a abraçou e disse-lhe:

- Pare com asneiras e vamos ao pequeno almoço, que apetece-me comer tudo daquela mesa!

O jatinho particular do senador pousou no aeroporto internacional de Blackpool.

Cliff estava ansioso por mostrar as fotos do pergaminho a seu amigo Dee e fora direto para seu apartamento no noroeste da Inglaterra.

Chegando ao seu prédio, subindo as escadas, Cliff já podia sentir o cheiro familiar de incenso de mirra que emanava do apartamento de Charles, que sempre foi um interessado em misticismo, religiões, filosofias, civilizações, ufologia e arqueologia.

A porta, como sempre, já estava aberta. Dee encontrava-se sentado em seu tapete de mandala, meditando. Ao observar seu amigo encostado na porta, o convidou para entrar, feliz pelo reencontro.

- Estava à sua espera, meu querido amigo. Vamos beber nosso chá enquanto você mostra logo essas fotos que estou muito curioso.

Charles pega o bule com o chá fumegando em seu interior, servindo ao amigo uns biscoitos amanteigados ao mel que ele costumava fazer.

- Dee, precisas enviar-me estes deliciosos biscoitos crocantes para ter sempre em casa. Impressiona-me seus talentos culinários!

- Primeiro o trabalho, depois fazemos *cooks*!

Dee ficou entusiasmado com os relatos de seu amigo sobre o manuscrito.

Quando Cliff tirou as fotos de sua pasta, Dee ficou uns dez minutos apenas observando aquelas imagens em suas mãos. Enquanto isso, Cliff ascendeu seu charuto cubano para degustar a espera.

- Então, Dee, tens boas notícias?

- Amigo, jamais vi nada parecido e creio que ninguém neste planeta também. Você sabe da quantidade de pesquisas que fiz em meu pós-doutorado e nunca encontrei nada assim. Mas vou estudar isso a fundo no nosso Instituto Psíquico.

Cliff patrocinava este instituto para obter mais conhecimento acerca do Ocultismo. Estava sempre na vanguarda das pesquisas.

- Ok. Então telefona-me caso encontres algo, mas levarei uma cópia desta foto que precisarei para apresentar a outras pessoas.

Despediu-se do amigo, pegou seu jatinho e foi direto para Istambul, reunir-se com os poderosos.

Chegando à reunião, refletiu bem e resolveu não evidenciar sua história. Afinal, já se sentia o dono daquele pergaminho e não gostaria nem um pouco de compartilhar desse conhecimento com outras pessoas. Ele teria sempre a posse de artefatos incomuns, como sua Lança do Destino.

E quem sabe este achado não seria mais intrigante ainda? Então decidiu participar da reunião sem revelar nada a respeito. Se fosse o caso, utilizaria a influência da Sociedade de outra maneira.

Ganancioso como era, acreditava que teria a posse do documento rapidamente, que sua filha abriria mão do pergaminho, sabendo que o pai era um colecionador, podendo protegê-lo melhor do que qualquer outra pessoa.

Kathy e Mafalda resolveram entrar em contato com Beneditta para saberem mais acerca dos acontecimentos passados e sobre a Flor de Lis.

– Então, Bené, como andam as coisas em Itália? – perguntou Mafalda para sua amiga.

– Estão bem, na medida do possível. O terremoto abalou muitas partes de nosso continente europeu, como deve ter visto na mídia, mas o que agora está sendo de fato evidenciado é que o Papa Pedro, afinal, fora assassinado, não se sabe por quem!

A Flor de Lis tem levantado, através das ajudas nas cerimônias, dinheiro necessário para ajudar a população de Roma, que acredito que nunca será a mesma.

Temos o apoio de todas as irmãs das antigas congregações católicas, além de milhares de pessoas que nos ajudam no que podem e estamos sentindo uma sociedade mais forte e harmoniosa e assim restauraremos grande parte de nosso continente.

– Quem tu achas que matara Pedro? – questionou Mafalda.

– Ah, cara mia, não sei de qual dos Cardeais podemos falar que estavam revoltados com o novo concílio ou com a possibilidade de perderem o Banco do Vaticano, com tamanha lavagem de dinheiro!

A verdade é que o que foi o Vaticano, com todas as proezas de um Estado Soberano, está exposto como nunca. Mas isto deixemos por conta dos investigadores! E o manuscrito cara mia, boas notícias? – indagou Bené.

– Bené, não tenho uma sensação lá muito boa dos acontecimentos. Depois que mostramos o pergaminho a meu cunhado, percebi internamente que cometemos um erro. Sinto isso no fundo de minha alma!

– Como assim? Ele não faz parte de sociedade secreta, entendido em ocultismo e também arqueólogo? Poderia ajudar-nos mais!

– Eu sei, Bené, esta fora a intenção de virmos para cá. Porém, senti perigo em meus ossos.

– A Kathy percebera algo? – Bené perguntou.

– Não. Ela crê piamente em seu papá e espera que ele vá ajudar-nos.

– Amiga, confio em tua sensibilidade. Tu és abençoada com premonições. Caso esteja confiante nisto, seria bom sair logo daí e enviar-me uma cópia do pergaminho para que a Flor de Lis comece a estudá-lo.

– Sei querida, obrigada pelo apoio, mas Kathy tem que esperar pelo pai que saiu a negócios e assim que ele chegar darei um jeito de irmos embora ter contigo e ainda hoje envio o manuscrito, ok?

Capítulo 7

Instituto de Pesquisas Enoch

Dee estava ansioso com o novo brinquedinho em suas mãos. Era assim que se sentia com uma nova pesquisa interessante, como uma criança que acabara de ganhar um presente que tanto queria adquirir. Levou a fotografia para o instituto a fim de interpretá-la.

Sabia que cada símbolo, escrita antiga e hieróglifo possuíam um significado completo e em si, ligado à figura que representava. Esse tipo de pensamento neoplatonista esteve presente no século XVII.

Inicialmente, pegou um livro de um estudioso em cabala judaica, Frances Mercury van Helmont (1614-1698), utilizando tal teoria no livro O Alfabeto da Natureza[1], afirmando que havia uma língua primordial e divina, que seria o hebraico. Uma língua superior por sua praticidade e grandiosidade, na qual as palavras representam a real natureza das coisas, além de possuírem poder utilizado pelos homens, que foi dado por Deus.

Assim como Ele, o "verbo" criou todas as coisas através de sua palavra. Graças à força do verbo, van Helmont afirmou que essa língua poderia ser ensinada para surdos, e era este conhecimento que passou em seu livro.

A seguir, selecionou o *Corpus Hermeticum*, que fora um conjunto de textos atribuídos à divindade de Hermes Trismegistos, "três vezes o grande", onde o egípcio é colocado como superior ao grego, oferecendo percepções da verdade divina.

Retirou da estante e colocou ao lado dos outros livros o dicionário egípcio de Horapollo, com o significado de cada hieróglifo e a explicação para essa relação.

Seguindo a mesma linha de pensamento, pegou a interpretação ideográfica de Athanasius Kircher (1602-1680), que se baseia mais no copto (língua falada na época de Cristo) do que no egípcio.

E lembrando-se de pesquisas e achados, voltou-se à Pedra de Roseta, quando Napoleão elaborou uma expedição encontrando-a, além de vários outros estudos sobre o Oriente realizados por Jean-François Champollion (1970-1832), que acreditava que a escrita e a civilização eram

---

1 Cf. Van HELMONT, F.M. *The Alphabet of Nature*. Tradução, introdução, anotações: Alison O. Coudert e Taylor Corse. Brill. Boston: Leiden, 2007.

bem mais antigas do que se pensava, afirmando isto em 1822, em seu primeiro tratado sobre seus estudos da língua egípcia.

Dee acreditava que a interpretação daqueles hieróglifos e símbolos não se referiam à língua egípcia e resolveu então averiguar em sua base de dados algumas outras pesquisas selecionadas em seu acervo sobre alfabeto diferenciado.

Selecionou então, alguns artigos interessantíssimos que mencionavam uma tradução inusitada de algumas figuras. Separou a revista alemã "Das Vegetarische Universum" e a anglo-russa "Sputnik", que publicaram em meados de 1965 um grande achado de arqueólogos chineses.

Em 1938, Chi Pu Tei, professor de arqueologia da Universidade de Beijing, conduzira alguns estudantes em uma expedição a uma série de grutas nas montanhas de Bayan Kara Ula, entre as fronteiras da China e do Tibet.

Segundo relatos, conforme entravam nas grutas, acharam sepulturas com estranhos esqueletos[2]. Estes esqueletos eram pequenos e delgados e com crânios muito desenvolvidos. Sobre as paredes, havia pictogramas talhados do céu: o Sol, a Lua, as estrelas e a Terra com linhas de pontos que os conectavam. Porém o descobrimento mais fantástico de todos, encontrava-se semienterrado, que era um disco de pedra, obviamente feito pela mão de uma criatura inteligente.

O disco tinha 22,7 cm de diâmetro e 2 cm de espessura, também tinha um buraco no centro, perfeitamente

---

[2] Referência para visualização da imagem na Bibliografia.

circular de 2 cm de diâmetro. Dali surgia um sulco fino em espiral; havia caracteres escritos exteriormente. Este disco é datado entre 10.000 e 12.000 anos de antiguidade (muito mais antigo que as datações das grandes pirâmides do Egito). Entretanto, não fora o único, no total, foram encontrados 716 pratos. E cada um com caracteres diferentes.

Os discos foram etiquetados e guardados na Universidade de Beijing. No decorrer de 24 anos, estudiosos tentaram decifrar as estranhas inscrições nos discos, porém sem êxito algum.

Dee continuou a fazer as comparações dos artigos que possuía com a foto do manuscrito.

Em 1962, o professor Tyson e alguns colegas, interessaram-se pela editoria dos discos, e se propuseram a decifrar o significado destes. Descobriram que os sulcos espirais não eram simples desenhos, mas também, uma escritura incrivelmente antiga, gravada de algum modo desconhecido e de um tamanho quase microscópico. Acreditavam ser a escritura mais antiga do mundo, com uma antiguidade de 8.000 a 12.000 anos. Com ajuda de uma lupa, o professor foi transcrevendo, minuciosamente, os caracteres do disco para um papel.

Foi a vez do professor Tsum Um Nui iniciar sua tarefa de decifrar o seu conteúdo. Chegando ao entendimento de parte do código, ordenando os discos para fazer uma transcrição parcial, intercambiando desenho com palavras e frases, chegou a decifrar parte do código ou escritura. Feito isso, se dedicou a ordenar os discos da forma mais coerente que pôde, e assim, fazer uma transcrição parcial.

A história apresentada pelo professor fora assombrosa na comunidade acadêmica. Sugere que uma nave espacial procedente de um planeta longínquo teve de realizar um pouso forçado nas montanhas de Bayan Kara Ula. Os tripulantes da nave (dropas) buscaram refúgio nas grutas das montanhas e apesar de suas intenções pacíficas, os dropas não foram compreendidos pelos membros da tribo Ham, os quais, ocupavam as cavernas vizinhas, os perseguiram e mataram, acreditando que eram inimigos. Quando finalmente a tribo compreendeu a sua linguagem, por sinais dos dropas, os admitiram em seu território ao saber que os recém-chegados tinham intenções pacíficas. Os discos também contam como os dropas não conseguiram reparar os danos na nave, ficando impossibilitados de voltar ao seu planeta de origem, tendo que viver na Terra.

Capítulo 8

Istambul, Turquia

Saindo da Inglaterra e fazendo a jornada entre os dois continentes, onde se reúnem a Europa e Ásia passando pelas margens do estreito de Bósforo, Cliff chega a Bizâncio, Constantinopla, a atual Istambul.

Sentia-se muito bem naquela metrópole aromática que exalava história por todos os seus cantos com seus palácios, museus, mesquitas.

Adorava passear pelas ruas, observar as mulçumanas com seus lenços nas cabeças, sentir os cheiros frescos tão característicos da região. Pairavam no ar *narguilés* estonteantes, cafés, aromas de canela, rosa, chá-verde, açafrão, conjugados num ambiente natural, poderoso e muito hospitaleiro.

O senador chegou ao centro da cidade, na praça Taskim, no Ritz-Carlton.

Ao chegar ao hotel, foi em direção à estância Termal iniciando sua terapia Harman, com as saunas a vapor e o banho frio, aos cuidados de sua terapeuta predileta, Sira Selim, que, além de uma mulher belíssima, tinha as mãos como as de uma fada e lhe aplicaria a massagem do toque dos anjos.

A massagista o esperava ansiosa. Cliff despertou nela uma paixão fugaz desde a primeira vez que estiveram juntos em sua primeira massagem.

Jamais se encontraram particularmente, mas era um desejo guardado no coração da turca.

Ele percebeu desde o início a reação que causou na mulher, aproveitando-se desse clima para tornar sua estada no hotel ainda mais interessante.

Depois da massagem, sua mente estava suficientemente relaxada e seu corpo preparado para o encontro com os maestros mundiais.

Iniciava-se assim mais uma reunião secreta do seleto Clube Bilderberg.

Os membros ilustres encontravam-se espalhados na sala de reuniões Buyukada com vista para Bósforo.

Cliff procurou por seu amigo Eduardo Kollen, que estava conversando com o primeiro-ministro britânico, sr. James Stuart, quando todos foram convidados a sentar.

Quem iniciava o encontro era Florence Rockefeller Junior, anunciando os relatos dos agentes especiais da CIA, MI6 e Mossad.

– A nossa legenda encontra-se num momento crucial para o domínio definitivo do poder e das riquezas naturais que nos interessam.

Estamos num momento delicadíssimo com o ouro negro. Nossas reservas esgotaram-se há mais de oito anos e só contamos com poucos recursos do Golfo Pérsico e o pré-sal do Brasil. Sabemos que é chegada a hora de uma real intervenção e domínio.

Do Golfo Pérsico ainda conseguiremos fornecimento, a não ser que o estreito de Ormuz se feche.

Em 12 de julho de 2012 reativamos a nossa 4ª frota ao redor da América Latina, com liderança de um de nossos seals. Composta por 22 navios, quatro cruzadores com mísseis, quatro destróieres com mísseis, 13 fragatas com mísseis e um navio-hospital.

Já abocanhamos as reservas petrolíferas de pré-sal descobertas no litoral brasileiro. Porém, há uns oito anos, estas reservas estão se esgotando, devido também a inúmeros desastres ambientais de derramamento de óleo, além da contaminação nos mares daquela região. Sabemos que não conseguiremos o bastante para nosso abastecimento. Entretanto, continuaremos com as nossas companhias militares e privadas, como o cinturão de bases alastradas por todo mar territorial, já que temos interesse nas diversas usinas de urânio, além do nióbio, daquele país. Sabemos da importância deste riquíssimo mineral e suas aplicações nas tubulações para transporte de petróleo, para a indústria aeronáutica e principalmente nuclear.

A sala de reuniões Buyukada, estava abarrotada dos membros exclusivos dos Bilderberg e todos estavam ansiosos com as diretrizes que Florence Rockefeller Junior anunciava.

- Temos informações interessantes de nossos agentes especiais que se encontram na Síria e Irã:

O Exército Sírio Livre tem dizimado a região e são financiados pelo Qatar e Arábia Saudita. Parte das armas, chegam através da nossa base aérea norte-americana Al Udeid, no Qatar.

Segundo relatos, unidades das forças especiais britânicas prestam serviços aos rebeldes sírios para reconhecimento e consultorias. Já foi criada uma intensa guerra psicológica e de informação, dando início ao nosso plano de ação para a Terceira Guerra Mundial.

Incrementamos este jogo geopolítico em 1991, quando incentivamos o Iraque a atacar o Kuwait. Estamos na via de ocupação de sete países árabes.

Continuaremos a apoiar o golpe militar no Irã, aumentando as tensões dos países vizinhos. Faremos da mesma maneira que fizemos no Iraque, com denúncias sobre instalações nucleares, além de estrategicamente colocarmos em "ordem" aquela região insana. Assim, dominaremos por completo a Síria e atacaremos a seguir o Irã.

O Azerbajão, com a situação eminente, aproveitará o engodo anexando novamente a região de Nagorno-Karabakh. A Armênia se revoltará entrando em conflito com o Azerbajão, que também envolverá a Geórgia.

A Rússia, por sua vez, terá que defender sua fronteira e haverá luta em várias frentes. Por fim, dominaremos a Rússia e a China através de todos os territórios tomados.

Aliás, irmãos! Parabéns pelo sucesso da nossa legenda que iniciamos desde o 11 de setembro de 2001, ganhando espaço para a Ordem que estamos implantando.

Depois que elaborarmos as duas guerras de invasão do Iraque e Afeganistão, iniciamos a principal delas, contra a população. A indústria do medo, que usamos contra os "estômagos imprestáveis" será dizimada através da guerra, fome e enfermidades.

Chegaremos ao nosso objetivo, com a eliminação total de quatro bilhões de pessoas.

Desde a elaboração das leis que favoreceram nossa soberania como "O Ato Patriota", "A segurança Nacional", "O Ato do Tribunal e Militar" facultaram-nos o livre acesso de nossa nova Ordem, dizimando a liberdade da sociedade, limitando suas capacidades de reação para os próximos eventos que implantaremos.

Invadiremos a Síria e o Irã com a justificativa do vasto arsenal que eles têm de destruição em massa, além das armas biológicas que existem naquela região.

Os impérios das Igrejas já começaram a se deteriorar e implantaremos a nossa como única opção.

Teremos nosso único governo planetário com mercado globalizado. Só permitiremos os valores universais que nós implantarmos. Acabaremos de vez com as classes médias. Só existirão os serviçais e nós, soberanos.

Continuaremos de acordo com nossa legenda com as crises artificiais para manter as pessoas em um perpétuo estado de desequilíbrio físico, mental e emocional, condicionando-os num estado de apatia, abertos para as nossas soluções.

Já possuímos o controle da política externa e interna dos Estados Unidos, graças à nossa ilustre família Bush. Já temos controle do Canadá, através da querida família real inglesa e acesso a toda Europa, através da União Europeia, acabaremos por conseguir, na ONU, finalmente, o nosso Governo Mundial.

Mas, para isso, temos que travar esta Terceira Guerra.

Fecho este encontro brindando os mais tantos trilhões que receberemos com a venda dos artefatos militares que o nosso grupo Carlyle venderá na empreitada desta nova guerra.

Terminada a reunião, Cliff saiu entusiasmado com o decorrer dos fatos. Há muito tempo que lutavam pela implantação desta nova ordem mundial. Desde que entrou no Clube, em todas as reuniões, o foco central era o cumprimento desta missão.

Baseavam-se principalmente na visão de Albert Pike, grande líder da Maçonaria norte-americana do 33º grau, tendo sido eleito para o cargo de Grande Comandante Soberano do Rito Escocês em 1859, no qual permaneceu durante 32 anos.

Foi ainda membro da sociedade secreta e satânica Ku Klux Klan. Durante o decurso de seu mandato, escreveu sobre especificidades do Rito Escocês, além de ter premonições de como a Nova Ordem Mundial poderia ser estabelecida. O Plano previa três guerras mundiais.

A Primeira e Segunda ocorreram exatamente como descrito na história. Já a intrigante profecia sobre a Terceira Guerra Mundial, prevista entre o judaísmo e islamismo, é incrível em alguns aspectos, já que fora realizada em 1870, quando Israel ainda não existia como país e somente cristãos fundamentalistas acreditavam que Israel voltaria novamente a existir.

Por fim, na sua visão, Pike mencionou ainda o surgimento do anticristo a partir das destruições desta última guerra.

Este relato encontra-se descrito pelo próprio Pike numa carta endereçada a Giuseppe Mazzini, com data de 15 de agosto de 1871. Nela estão descritos os traços gerais para a criação de três guerras mundiais as quais seriam necessárias para trazer a Nova Ordem Mundial.

De acordo com o Cardeal Caro y Rodriguez, de Santiago do Chile, o qual a transcreveu e posteriormente publicou no seu livro "The Mystery of Freemasonry Unveiled", esta carta esteve em exposição por um breve período de tempo no British Museum Library, de Londres em 1925.

A descrição das três guerras, por Pike:

"A Primeira Guerra Mundial deve decorrer de forma a permitir que os Illuminati derrubem o poder dos Czares da Rússia e garantir que esse país se torne um bastião do comunismo ateísta. As divergências causadas pelos agentes Illuminati entre a Alemanha e a Inglaterra serão usadas para fomentar esta guerra. No final da guerra, o comunismo será criado e usado de forma a destruir outros governos e ainda para enfraquecer as religiões.

A Segunda Guerra Mundial deve ser fomentada para tirar vantagem das diferenças entre os Fascistas e os Sionistas políticos. Esta guerra tem de surgir de forma que o Nazismo seja destruído e o Sionismo político se torne forte suficiente para instituir um Estado soberano de Israel na Palestina.

Durante a Segunda Guerra Mundial, o comunismo internacional tem de se tornar forte suficiente de forma a contrabalançar a Cristandade, o qual deverá então ser refreado e contido em xeque, até ao momento em que nós voltaremos a necessitar dele para o derradeiro cataclismo social.

A Terceira Guerra Mundial tem de ser fomentada de forma a tirar vantagem das diferenças causadas pelos agentes Illuminati entre os Sionistas políticos e os líderes do mundo Islâmico. Esta guerra tem de ser conduzida de forma a que o Islã (Mundo Árabe Muçulmano) e o Sionismo político (Estado de Israel) se destruam mutuamente. Entretanto, as outras nações, mais uma vez divididas nesta matéria, serão constrangidas a lutar até ao ponto de completa exaustão física, moral, espiritual e econômica. Nós iremos então libertar os niilistas e os ateus, e então iremos provocar um formidável cataclismo social em que em todo o seu horror mostrará claramente a todas as nações as consequências do ateísmo absoluto, origem de selvageria e agitação sangrenta.

Então, por todo o lado, os cidadãos, obrigados a se defender eles próprios contra as minorias revolucionárias, exterminarão esses destruidores da civilização, e a multidão, desiludida com o Cristianismo, cujos espíritos ficarão a partir desse momento sem compasso ou direção, ansiosos por um ideal, mas sem saber para onde direcionar essa adoração, receberão a verdadeira luz da manifestação universal da doutrina pura de Lúcifer, trazido finalmente aos olhos do público. Esta manifestação será o resultado de um movimento reacionário geral no qual se seguirá a destruição da Cristandade e do ateísmo, ambos conquistados e exterminados ao mesmo tempo."

Cliff estava feliz por fazer parte da grandiosidade daquele projeto de tantos anos. Porém, seus pensamentos não largavam a imagem de seu mais novo artefato. Lembrando que deixou sua filha na espera de seu retorno, resolveu então voltar para seu encontro em Aspen Mountain.

Capítulo 9

Kathy e Mafalda estavam literalmente esmiuçando toda a história dos Segredos de Fátima, partindo a princípio, do estudo da vida dos Pastorinhos.

– Ok, tia. Vamos à história.

Mafalda inicia o relato:

– Tudo começara em 1916 e 1917, na Cova da Iria. Lúcia dos Santos, Francisco Marto, e Jacinta Marto, testemunharam as aparições de um anjo que se identificara como "o anjo da paz" ou "anjo de Portugal".

Essas aparições continuaram em 1916, e foram precedidas por três outras visões, de abril a outubro de 1915, nas quais Lúcia e outras três pastorinhas, as quais eu desconhecia, que se chamavam Maria Rosa Matias, Teresa Matias e Maria Justino, viram também no Outeiro do Cabeço, e noutros locais, suspensa no ar sobre o arvoredo do vale "como que uma nuvem mais branca que a neve, algo transparente, com forma humana. Era uma figura, como se fosse uma estátua de neve, que os raios do sol tornavam algo transparente". Mencionou a própria irmã Lúcia.

Este relato da aparição ficou em segredo até 1937, época em que Lúcia divulgara na obra "Memórias da Irmã Lúcia I" e o texto definitivo destas aparições foram relatados na obra "Memórias da Irmã Lucia II", em 1941.

Kathy sabendo desta parte continua:

– Somente em 1917 é que Nossa Senhora apareceu-lhes dizendo que durante seis meses, todos os dias 13 estaria com eles. Bem, sabemos que nas cartas que evidenciam os segredos, todas possuem destinatário, data e assinatura, correto?

– Sim, florzinha. Impressionante, porque de certeza a assinatura neste pergaminho é de Lúcia, mas ele é diferente de tudo que ela escreveu – considerou Mafalda.

– Pois, tia. Ainda não sabemos o porquê deste texto intrigante, mas continuemos com os segredos conhecidos, ok?

Kathy continuou a ler os estudos:

– Então é assim... Segundo cartas da irmã Lúcia, o segredo consta de três situações distintas:

No Primeiro Segredo, Nossa Senhora mostrou aos três Pastorinhos de Aljustrel "o inferno para onde irão os pecadores" e explicou-lhes que foram os pecados dos homens que provocaram o castigo da Primeira Guerra Mundial (1914-1918). Nossa Senhora mostrou-lhes um grande mar de fogo que parecia estar debaixo da terra. Mergulhados neste fogo, os demônios e as almas, como se fossem brasas transparentes e negras ou bronzeadas com forma humana, que flutuavam no incêndio levadas pelas chamas que delas mesmas saíam, juntamente com nuvens de fumo, caindo para todos os lados, semelhante ao cair das fagulhas dos grandes incêndios sem peso nem equilíbrio, entre gritos e gemidos de dor e desespero que horrorizava e faziam estremecer-lhe de pavor. Os demônios distinguiam-se por formas horríveis e asquerosas de animais espantosos e desconhecidos, mas transparentes e negros. Esta visão foi um momento, e graças à nossa boa Mãe do Céu; que antes havíamos prevenido com a promessa de nos levar para o Céu (na primeira aparição) se assim não fosse, creio que teríamos morrido de susto e pavor".

Já o Segundo Segredo tratava-se das nações. É mencionado o relato dos Pastorinhos levantando os olhos para Nossa Senhora, que vos disse com bondade e tristeza:

"Vistes o inferno, para onde vão as almas dos pobres pecadores, para salvá-las, Deus quer estabelecer no mundo a devoção a meu Imaculado Coração. Se fizerem o que eu disser salvar-se-ão muitas almas e terão paz. A guerra acabará. Mas se não deixarem de ofender a Deus, no reinado de Pio XI começará outra pior. Quando virdes uma noite, alumiada por uma luz desconhecida, sabei que é o grande sinal que Deus vos dá de que vai punir o mundo de seus crimes, por meio da guerra, da fome e de perseguições à Igreja e ao Santo Padre. Para impedi-la virei pedir a consagração da Rússia a meu Imaculado Coração e a comunhão reparadora nos primeiros sábados. Se atenderem a meus pedidos, a Rússia se converterá e terão paz, se não, espalhará seus erros pelo mundo, promovendo guerras e perseguições à Igreja. Os bons serão martirizados, o Santo

Padre terá muito que sofrer, várias nações serão aniquiladas, por fim, o meu Imaculado Coração triunfará. O Santo Padre consagrar-me-á à Rússia, que se converterá, e será concedido ao mundo algum tempo de paz."

A tia agora prossegue:

– O Vaticano publicara em 26 de junho de 2000 o tão enigmático Terceiro Segredo de Fátima que pela interpretação do falecido Ratzinger, tratava-se de um segredo teologicamente vazio.

Como conheci a fundo esta instituição, acredito que o teor teria a ver especificamente com "os podres da Igreja" – comentou Mafalda.

Mas devido a falta de documentos encontrados que mencionam de fato o Terceiro Segredo, nos baseemos, por enquanto, no livro "O derradeiro combate com o demônio", obra compilada e editada em 2003 pelo Padre Paul Kramer.

Lúcia frisa com todas as letras que esta carta não deveria ser aberta antes de 1960, porque as pessoas não saberiam entender o conteúdo, pedindo inclusive que o Bispo de Leiria a prometesse, já que a Virgem solicitara tal data.

Porém, a carta ao chegar ao Vaticano, fora colocada como Segredo do Santo Ofício e posta nos arquivos secretos do Papa.

Em 1952, o Papa Pio XII, curiosíssimo sobre o segredo, começou a enviar padres em missões secretas, a fim de entrevistar Lúcia. Todas as investigações não relatam o teor completo desta carta. E olha que Lúcia escrevera apenas uma única folha. Mas os rumores deste documento são:

Em Portugal se conservará sempre o dogma da Fé.

A queda das almas dos Religiosos e dos Sacerdotes. O demónio sabe que os Religiosos e os Sacerdotes que caem na sua bela vocação, arrastam numerosas almas para o inferno. (...)

O demónio quer tomar posse das almas consagradas. Tenta corrompê-las para adormecer as almas dos leigos e levá-las deste modo à impenitência final.

Mafalda continua a mencionar o Terceiro Segredo enquanto Kathy estava sentada à vontade no tapete com toda a documentação espalhada a seu redor.

- O arquivista oficial de Fátima por 16 anos, que fora o Padre Joaquim Alonso, que testemunhara um envelope selado com apenas um pedaço de papel. Este documento fazia referências concretas à crise da Fé na Igreja e à negligência dos seus próprios pastores, lutas intestinas no seio da própria Igreja e de graves negligências pastorais por parte das altas hierarquias.

De fato, testemunhamos isto com a Flor de Lis. No período que precede o grande triunfo do Imaculado Coração de Maria, sucedera coisas tremendas, que foram objetos da terceira parte do Segredo.

- Que coisas seriam estas? - Kathy indagou.

A tia complementa.

- Se "em Portugal, se conservará sempre o dogma da Fé", podemos concluir com esta afirmação que em outros lugares a fé na Igreja poderia perder-se, como aconteceu agora com a queda do Vaticano e o Cristianismo para o mundo. Vale a pena, minha flor, darmos uma vista d'olhos em outras aparições.

- Como assim outras aparições, tia?

– Ocorreram muitas em várias épocas específicas, florzinha.

Como em Lurdes, Carmo, Guadalupe, Warra el Hadar, Caravaggio, Akita, Herford, Coromoto, porém acredito que a mais interessante seja a aparição de La Salete, em que o próprio João Paulo II, considerara o coração das profecias de Maria.

– Conte-me, tia, estou aflita!

– Nossa Senhora aparecera a duas crianças, Maximin Giraud e Mélanie Calvat, em 1846, nos Alpes da França. Dentre suas mensagens, ela expressa sua indignação e mágoa diante da calamitosa situação dos ministros de Seu Filho, que deveriam estar cumprindo o papel de verdadeiros guias espirituais de seu povo, constando o seguinte texto:

"Os sacerdotes, ministros de meu Filho, pela vida ruim que levam, pelas suas irreverências e falta de piedade ao celebrarem os santos mistérios, pelo amor ao dinheiro, às honrarias e prazeres, transformaram-se em cloacas de impureza. Muitos abandonaram a fé, e grande será o número de padres e religiosos que apostatarão da religião verdadeira: entre eles haverá até bispos. Será o tempo das trevas. Ai dos sacerdotes e das pessoas consagradas a Deus que, pelas suas infidelidades e má vida estão crucificando novamente ao meu Filho."

Kathy ficou impressionada com o teor desta carta muito mais explícita e a tia continuou:

– Observe o que fora dito sobre Roma: *"Roma perderá a fé e se tornará a sede do anticristo. Ai dos habitantes da terra! Virão guerras sangrentas e fome, pestes e enfermidades contagiosas. Cairá uma espantosa saraivada de animais. A tempes-*

tade sacudirá cidades, os terremotos engolirão países. Ouvir-se-ão vozes no ar. Os homens baterão com a cabeça nas paredes, pedindo a morte, porém a morte será o seu tormento".

- Tia! Diz-me tu se estas profecias não estão a ocorrer?

- Pois. Estamos a perceber tudo isso, flor! Estas profecias são incrivelmente contemporâneas. Outra questão gira, fora que Maria mencionara uma conjuração mundial oculta. Ela dá ideia do poder maléfico instalado nas cúpulas das nações. Denuncia a existência de um plano para destruir a fé. Um plano que é levado adiante, não por este ou aquele governo, mas por "todos os governos". Com a existência de uma conjuração mundial oculta, com dirigentes escondidos, que senhoreiam e dirigem os mandaretes das nações. Essas organizações ocultas, com poder nos governos, não podem deixar de ter relações com a maçonaria e suas diversas dependências mundiais, organismos internacionais e clubes financeiros do mundo.

Mafalda tentou alertá-la acerca das sociedades secretas e indiretamente sobre seu pai.

- Tia, ao meu entender, as sociedades secretas tiveram um papel fundamental para obtermos o conhecimento. Foram elas que detiveram grande parte dos livros que a própria Igreja aniquilou na Idade Média. Mas acreditas mesmo sobre esta conspiração?

- Flor, conhecimento é poder! Por que estas sociedades são secretas? Por que se reúnem clandestinamente, figurões representantes do mundo?

O silêncio perdurou por alguns segundos e Mafalda pôde observá-la pensando e continuou:

– Muitas sociedades baseiam-se na clandestinidade para não serem questionadas, não dividirem o poder do conhecimento e atingirem seus objetivos. Tu te apropriarás mais destes assuntos com Bené. A Flor de Lis tem resgatado vários livros que mostram legendas específicas em prol de um domínio mundial.

– É pá, isto é de loucos! Não duvido nada, depois do que sei que passaste na Santa Sé. Aquele encobrimento de tantos anos além da usurpação do nosso legado feminino! Prometo-te que estarei mais desperta nestes assuntos!

Mafalda sentiu-se aliviada com afirmação de Kathy. Preocupada como estava com as atitudes de Cliff, além de seus instintos dizerem-lhe para tomarem muito cuidado, continuou com a conversa:

– Outra visão bem curiosa, totalmente aberta aos estudos ocultistas, é a seguinte:

Sabemos que a Igreja tivera como objetivo a doutrinação de sua fé, e o que aquelas crianças presenciaram fora de facto um contato com algum ser de outra dimensão, que a Igreja denominou"Nossa Senhora". Até porque segundo relatos, a primeira visão que tiveram fora do milagre do sol, a seguir um anjo.

– Que estais a dizer com isto, tia? Manipulação da informação? Não achas que fora a Maria a aparecer aos miúdos?

– Após toda a vivência dos fatos que tivera, minha sobrinha, acredito que possa ter sido outra situação. Tu sabes do meu amor pela Mãe Divina em todas as suas representações, como Mãe Maria, Madalena, Isis, Kwuan

Yin, Shakty, Nada, Pórtia, enfim são vários os espíritos ascensionados que representam o Sagrado Feminino. Mas a Igreja, como detentora do poder, pegara a informação e transformara de acordo com seus dogmas.

Falemos agora sobre um assunto maior ainda!

Existem várias iconografias que ligam a religião com eventos ufólogos. O milagre de Fátima mesmo é relatado numa pintura renascentista de Fra Filippo Lippi, com mais de cinco séculos de idade.

Kathy, impressionada com o rumo da história, alarmada, questionou:

– Que tu queres dizer? Que em Fátima o relato é de uma aparição ufológica?

– Escutas primeiro e diga-me o que este relato parece-lhe! – aconselhou Mafalda. – A Igreja e os familiares, estavam em cima daqueles miúdos, queriam participar de qualquer maneira de um episódio, de que os Pastorinhos tanto falavam. Então, num desses dias, mais de 70 mil expectadores estavam entre eles. Eram fiéis católicos, incrédulos, jornalistas, cientistas. Todos presenciaram na Cova da Iria, uma manifestação do poder de Deus. No dia 13 de outubro chovia torrencialmente. Lúcia pede-lhes que observassem o céu quando de repente a chuva cessou na mesma hora. Das nuvens, aparecera um disco solar que assemelhava-se a uma lua de prata a girar vertiginosamente sobre si mesmo, semelhante a uma roda de fogo, projetando em todas as direções feixes de luz amarela, verde, vermelha, azul e roxa, que acabavam por pintar as nuvens no céu, a refletir nas árvores e pessoas ao redor. E isso aconteceu ainda mais, por duas vezes seguidas.

– Realmente, amada tia. Parece-me como os óvnis na maioria das vezes são apresentados. Então acreditas mesmo que Maria não surgira nesta aparição?

– Sobrinha, penso que esta representação feminina que aparecera, até pelos alertas das pessoas que viram o fenômeno, fora de uma entidade cósmica de luz. Acredito que este espírito faça parte da Grande Fraternidade Branca Universal, que são seres muito evoluídos que viveram aqui na Terra nesta dimensão como nós, mas através de sua evolução espiritual, ascensionaram, porém continuam a intervir em nossas vidas, mostrando-nos o caminho para nos contactar com essa essência de Deus, Pai, Mãe, Filho, fonte de toda a vida.

Temos estas iconografias que mostram a ligação deste fenômeno com Fátima, assim como vários relatos das raças, raízes e civilizações anteriores, que temos contato com seres de outra dimensão!

– Revolta-me este encobrimento da Igreja! – Kathy falou com o coração triste. – As mensagens destes seres de luz são patrimônio da humanidade. Entristece-me ver que o monopólio da Igreja fechara-se a serviço de seu sistema de crença evitando a divulgação real dos fatos.

– Atenção que tem mais! Outros textos enigmáticos e profundamente tristes mencionam o Terceiro Segredo em sua visão apocalíptica – esclareceu Mafalda, trazendo luz às palavras da irmã Lúcia:

"Um homem em uma posição muito alta será assassinado e isto causará a Guerra. Uma arma poderosa caminhará através da Europa e a Guerra Nuclear começará. Esta guerra destruirá tudo, a escuridão cairá sobre a Terra durante 72 horas (três dias).

Apenas uma terça parte da humanidade sobreviverá a estas 72 horas de escuridão, terror. Serão as pessoas boas que darão início a uma nova era.

Em uma noite muito fria, faltando dez minutos para a meia-noite, acontecerá um grande terremoto a sacudir a Terra durante oito horas seguidas. Este será o terceiro sinal de que Deus é quem governa a Terra. Os bons, aqueles que propagarem esta mensagem, a profecia da Santa Mãe Maria anunciada em Fátima, não DEVEM TEMER, não TENHAM nenhum receio.

Ajoelhe-se, peça perdão a Deus. Não deixe a sua casa e não deixe ninguém estranho entrar. Porque só o bom não estará em poder do mal e sobreviverá à catástrofe. Em sua casa, feche portas e janelas e não fale com ninguém que não esteja em sua casa. Não olhe para fora, não seja curioso, porque esta é a ira do SENHOR. Acenda velas benditas, porque por três dias nenhuma outra luz se acenderá.

O movimento da Terra será tão violento que moverá o eixo da Terra (23 graus); depois ela regressará à sua posição normal. Então uma escuridão absoluta e total cobrirá a Terra inteira. Todo espírito maligno andará solto, fazendo muito mal às almas que não quiseram escutar esta mensagem de advertência e para aqueles que não quiseram se arrepender.

Que as almas benignas cristãs se lembrem de acender as velas santificadas, preparar um altar sagrado com um crucifixo para comunicar-se com Deus através de Seu Filho, e lhe implorar sua infinita misericórdia. Tudo estará escuro, então, uma grande Cruz Mística aparecerá no céu, lembrando o precioso preço que o Seu Filho pagou por amor à humanidade e pela nossa redenção.

Na casa, a única coisa que poderá dar luz são as velas santificadas de cera, que uma vez acesas nada poderá apagar até que terminem os três dias de escuridão. Todos também devem ter consigo ÁGUA BENTA, que aspergirão pela casa inteira, em especial nas portas e janelas. O Senhor protegerá as propriedades dos eleitos. Ajoelhem-se diante da cruz poderosa do Seu divino Filho, rezem com devoção."

Mafalda mencionou esta passagem com lágrimas a escorrer em seu rosto.

Kathy, também chorando, escutando tamanha desgraça, pergunta:

- Tia amada, sabemos que tudo que temos lido está a acontecer. Será que isso também será exato como as outras profecias?

- Não sei, filha. Mas temo que sim e quem sabe este pergaminho novo é que trará boas novas sobre os fatos vindouros?

- Querida tia, existem outros profetas que apresentaram também visões apocalípticas similares?

- Temos um texto da vidente estigmatizada de La Fraudais, França, Marie-Julie Jahenny que profetizara, em 1914, o início e fim em 1918, da Primeira Grande Guerra. Vaticinou, em 1939, a Segunda Guerra Mundial, além da queda da Igreja. Apontara também que a apostasia do clero fora uma das causas mais importantes para o castigo das trevas.

A francesa profetizara o que fora dito por Paulo VI em 1968 e 1969, respectivamente a "autodemolição da Igreja" e a entrada "da fumaça de Satanás dentro da Igreja". Eis seus oráculos:

"A Igreja será um sepulcro, um túmulo de silêncio e abandono... Preparai-vos a assistir aos funerais da Igreja, aos funerais

do Calvário... Preparai-vos a assistir aos funerais da Sé do Centro, que treme sobre o abismo. Preparai-vos a assistir aos funerais daquele que é o sustentáculo da Igreja, daquele que tem em Seu poder todas as luzes pela sua autoridade de Santo Padre.

Ai dos pastores que abandonam o rebanho... Os discípulos que não são do Evangelho estarão em grandes trabalhos para refazer a seu talante e sob o empreendimento do inimigo, uma missa que encerrará palavras odiosas a Meu olhar. Antes que chegue Meu reino de paz e ressurreição, é mister que Satã reine em plenitude, como um soberano."

Acrescenta com o fim da Igreja:

"Ela será entregue a todos os escândalos, a todas as profanações... o projeto dos inimigos da Igreja nesses dias será elevar um grande barulho de suas vozes que saem de instrumentos que falam, esses instrumentos manejados pelos homens sujeitos ao poder do inferno. Serão espécies de músicas acompanhadas do canto mais ignóbil. Tudo isto, sobretudo as missas sacrílegas com cantos ignóbeis projetados com amplificadores de arrebentar os tímpanos, e, tudo mais, é gritantemente óbvio em nossos dias. Quem não enxerga, ou é totalmente embotado ou é conivente."

Continua com os relatos da vidente francesa:

"Virá sobre o mundo pecador num terrível estouro do trovão durante uma noite fria de inverno (no Hemisfério Norte). Um vento do Sul muito quente precederá aquela tempestade e pesados granizos escavarão a terra. De uma massa de nuvens vermelho-fogo e relâmpagos devastadores ziguezagueando inflamarão e reduzirão tudo a cinzas. O ar se impregnará de gases tóxicos e vapores mortais, que, em ciclones, arrancarão as obras da audácia, da loucura e da vontade de poder da Cidade de Trevas.

Quando numa noite fria de inverno o trovão ribombar e fizer tremer as montanhas, então fechai rápido portas e janelas... Vossos olhos não devem profanar o terrível acontecimento com olhares curiosos... Reuni-vos em oração diante do crucifixo. Colocai-vos sob a proteção de Minha Santa Mãe... Não deixeis nenhuma dúvida se instalar em vós a propósito de vossa salvação: quanto mais confiantes, mais será inviolável a barreira com que Eu vos cercarei. Queimai velas bentas, recitai o rosário. Perseverai durante três dias e duas noites. Na noite seguinte, o terror se acalmará. Após o horror dessa longa obscuridade, o Sol aparecerá em todo seu esplendor e calor. Será uma grande devastação... Magnífico será Meu reino de paz e Meu nome será invocado e louvado do nascer ao descer do Sol."

– Que o grande arquiteto do Universo, tenha misericórdia de nós! – Mafalda completa. – Por hora, chega de tormentos. Aproveitemos para entrar em contato com a natureza, louvar pelo hoje que estamos cá respirando e podemos entrar em contato com os céus. Que possamos ter forças e luz para o que tivermos que confrontar.

Mafalda abraça a sobrinha, caminhando em direção à porta da casa.

Capítulo 10

ASPEN MOUNTAIN, VÉSPERA DE NATAL.

Faltam 192 dias.

Cliff telefonou para a filha avisando de sua chegada à tardinha, assim conseguiriam passar a ceia de Natal juntos.

Mafalda e Kathy resolvem elaborar uma ceia especial, bem tradicional, para dar as boas-vindas ao pai de Kathy.

As louças de prata e os castiçais de cristal a serem postos na mesa soavam a uma grande cerimônia. Kathy estava na cozinha preparando costelas grelhadas com molho agridoce, enquanto a tia Mafalda elaborava o acompanhamento com bolo de milho e *coleslaw* (uma salada de repolho e maionese). Cliff adorava a comida típica da região.

Cliff entrou em casa com presentes para cada uma delas. Adorava mimar sua pequena, principalmente agora que tinha uma proposta acerca de seu manuscrito, nada melhor do que uma boa apresentação de boas-vindas.

– Ho Ho Ho... Cá está o Pai Natal! – Cliff, apesar de ser americano, mantinha o linguajar português por saber que sua pequena fora educada por Mafalda em sua língua nata.

Pegou Kathy de surpresa, observando as costelas no forno. Ele aproveitou que ela estava de costas e vagarosamente colocou em seu pescoço uma gargantilha de ouro com rubis que comprou em sua viagem. Sabia o quanto ela gostava da cor desta pedra.

– Papá! Que bom que chegaste!

E ela o abraçou demoradamente, a seguir colocou as mãos em seu pescoço e disse-lhe:

– Ai que giro! Tu sabes que não tenho lugar para usar estas joias que tanto me mimas! Sou aventureira e não comportada para sair em jantares!

– Ficaste linda, pequenina! Sobressaíram seus cabelos vermelhos com esta riqueza!

– Para ti, Mafalda, trouxe uns brincos de pérolas. Sei que gostas de joias discretas!

– Obrigada, cunhado, escusava ter este trabalho. Mas caíste-me muito bem!

– Papá, estamos tão absortas com as investigações e pesquisas sobre o manuscrito que nem compramos prenda alguma para ti. Também tens tantas coisas que fica difícil imaginar o que lhe comprar.

– Então prepare esta ceia a meu gosto, que sabe melhor do que qualquer prenda, pequenina! Vamos a isto que estou exausto de viajar para lá e para cá! O que temos no menu? Está a cheirar as costeletas que amo tanto!

Kathy retirou o jantar do forno e levou para a mesa. Naquele instante, todo o ambiente exalava o aroma das costelas com um ligeiro toque agridoce.

Mafalda abriu um Chianti para acompanhar o preparo da sobrinha. Todos brindaram e beberam em suas taças. A ceia estava de muito bom gosto, além do ambiente aconchegante com a lareira acesa. Todos em volta no sofá confortabilíssimo da casa da Aspen Mountain. Ficaram relembrando dos Natais remotos em que Kathy, ainda criança, adorava passear em seu trenó. Até o momento em que Cliff recebeu o telefonema de Dee.

Feliz por ouvir a voz do amigo, ao mesmo tempo não queria ainda que as mulheres soubessem que já estava buscando a interpretação do manuscrito, até porque ele tirou a foto clandestinamente sem que sua Kathy percebesse.

- Um minuto, minhas meninas, que já volto para mais um Montalcino.

E saiu para seu escritório particular.

- Diga boas-novas, Dee. Tenho aguardado este telefonema ansioso!

- Amigo, o manuscrito é interessantíssimo! O teor dele é muito inquietante. O que posso revelar por agora é que além dos hieróglifos, outras línguas e símbolos, acredito existir um mantra poderosíssimo encontrado nos Upanishad Gopala-Tapani.

Cliff resgatando da memória mencionou:

- Então temos partes de sânscrito neste pergaminho?

- Isso mesmo. Os Upanishad, são associados ao Atharvaveda, sendo os antigos rishis, aliás, conhecimentos que fazem parte dos textos sagrados do hinduísmo e dos vedas que descrevem a forma transcendental e os passatempos do Senhor Krishna.

– Boas notícias, Dee. Já sabemos onde procurar. Já conseguiste interpretar o mantra?

– Ainda não, meu querido, mas estou a caminho disto.

– O que me intriga, Dee, é o que isso teria a ver com a Pastorinha Lúcia?

– Bom, vamos com calma, amigo. Primeiro temos que desvendar o teor do texto, depois faremos a ligação. Mas para você ter uma vaga ideia do quão enigmático são os conteúdos, cheguei a compará-los com discos de Bayan Kara Ula.

– Meu Deus, isto é surreal! Não são os achados na China na década de 30?

– Isso mesmo. Preciso de mais tempo, Cliff, mas estou me dedicando integralmente nesta pesquisa. Fique sossegado, chegaremos lá! Assim que tiver novidades comunico.

Cliff, ao desligar o telefone, ficou imóvel pensando, sentindo também as vibrações que tanto gostava quando se via de frente com uma busca revolucionária e poderosa.

Kathy já o chamava com a taça de Chianti e seu pai saiu do escritório em passos leves. Aproximando-se da filha, brincando.

– Então, pequenina, o que tens feito acerca do manuscrito? Preciso ajudar-te nesta busca. Encontras-te alguma revelação?

– Papá, temos feito um resumo dos Segredos de Fátima e a tia está a apresentar-me um mundo no qual jamais sonhara existir!

– Não estais a encher a cabecinha da pequenina com asneiras, heim, Mafalda?

– De maneira alguma, cunhado, estou apresentando um pouco do que tu já bem conheces! – repele a tia.

– Pois bem, mostre-me este novo mundo, pequenina, e gostava de ver novamente aquele manuscrito para lembrar-me melhor do que estamos a tratar!

– Ok, papá irei buscá-lo.

Mafalda tem novamente aquela sensação esquisita.

Kathy subiu para o andar superior e foi em direção ao seu quarto pegar o manuscrito. Quando iniciou a descida nas escadas, Cliff muito ansioso subiu em direção a filha com vontade de pegar logo o documento.

– Papá, não sejas bruto. Sabes que isso é uma relíquia, calma que já irei abri-lo para mostrar-lhe.

Enquanto isso, Mafalda questionava Cliff sobre seus estudos.

– Cunhado, gostava de saber o que tu sabes acerca dos segredos de acordo com suas pesquisas.

– Mafalda, façamos o seguinte: mostram-me tudo que estudaram até então e caso tenha mais conhecimentos acerca do assunto, acrescento a posteriore.

Mafalda observava-o pensativa e Kathy respondeu:

– Ok.

Kathy pegou todos os documentos que estavam estudando e mostrou para o pai.

O senador vendo aquilo, riu a primeira instância, brincando com Kathy.

– Sua tia realmente está a brincar com sua cabecinha, pequenina. Até ufologia já lhe apresentaste?

– Pois, papá, e pelos vistos a ufologia tem todo sentido nesta história. E tu, papá, não acreditas que pode ter acontecido um evento cósmico com os miúdos?

Mafalda esperou para ouvir a visão dele.

– Sim, filha, acredito que sim. As conspirações da Igreja são conhecidas e tendem a encobrir os fatos justificando a seu favor.

Mafalda resolveu cutucá-lo:

– Não só a Igreja, não é senador? Tanto os governos, quanto as sociedades secretas tentam também manipular a verdadeira informação, não é mesmo?

– Lá vens tu a incriminar-me! Tu bem sabes que a população não está preparada para receber determinadas informações, se não ocorreria um caos total. Vês o caso do Orson Wells quando criara aquela ficção no rádio sobre a Guerra dos Mundos? Viste o desespero da população!

– O senador está a fazer-me de parva!? Estais a falar duma população em 1938. Acreditas mesmo que não estamos preparados? Temos doutores a estudar a ufologia. No México é um assunto seríssimo, assim como em vários países.

Sabemos que o governo americano tem pactos com muitas raças alienígenas e utilizam de sua tecnologia até hoje. Dizer que não estamos preparados! Existem médicos ortopedistas especialistas na retirada de implantes alienígenas! Temos milhões de relatos mundiais de avistamentos e abduções, porém ocultados por governos como os Estados Unidos.

– Ok. Podemos encobrir muitos fatos, mas temos motivos para isto – mencionou o senador.

– Agora sim, estais a falar a verdade! Agora dizes, o que tu tens a adicionar aos nossos estudos? – replica Mafalda.

– Antes disso, papá, gostava que respondeste-me acerca de uma curiosidade que sempre tive a teu respeito. Sei que depois da morte da mãe tu ficaste cada vez mais apaixonado por ciências ocultas e que ingressaste em sociedades secretas. És da maçonaria, não é isto?

Mafalda dá um grito interno de alegria com a pergunta de sua sobrinha.

– Por que estamos a desviar do assunto? Afinal, estamos cá os três a falar sobre Fátima, ora pois! O que a minha vida tem a ver com isto?

– Ah! Então afinal és ou não maçon? – Kathy pergunta de novo.

– Filha, estas coisas não são tão simples assim. Tu sabes que desde a minha adolescência participo destes clubes privados, nunca lhe escondi isto! E não é nada demais participar destes encontros, são simples reuniões. Por que insiste nesses assuntos?

Cliff jamais mencionou seu clube secreto e nem gostaria de fazê-lo nem para sua filha, nem para ninguém, afinal esta parte de sua vida caberia somente a ele.

– Insisto, porque parece-me que estas sociedades da qual fazes parte, já que não queres falar-me o nome, são detentoras de muitos livros ocultos e ajudaria-nos a desvendar mais rápido este mistério.

Cliff aproveitou a deixa e mencionou.

– É verdade! Nestas sociedades tem-se muitos documentos. Realmente, filha, boa ideia! O que achas de emprestar-me o manuscrito para levar para minha loja e estudar o assunto com propriedade?

- Ok. Quando partimos?

- Pequenina, tu bem sabes que estes clubes são privados, jamais deixariam que entrasse. O certo seria emprestar-me o manuscrito que levaria de bom grado à minha loja, para que fosse devidamente estudado.

Mafalda respondeu rapidamente:

- Façamos assim. Tu tiras umas fotos e leva a imagem a quem achares que contribuirá com esta investigação, até porque daqui a pouco tempo teremos que reencontrar a Flor de Lis, para estudarmos com nossas irmãs este documento.

Cliff foi pego desprevenido. Sabendo que não teria em mãos aquele manuscrito, sentiu a ira a crescer em seu corpo. Conhecia muito bem este sentimento e faria de tudo para conseguir o seu pergaminho.

- Mas a pequenina não precisa estar contigo nesta viagem, Mafalda! Precisamos resgatar um pouco do tempo em que estivemos longe um do outro, não achas? E poderemos, com calma, estudar melhor o assunto.

Kathy abraçou o pai emocionada pelo convite. Sempre sentia falta de sua companhia, mas as mulheres da Flor de Lis poderiam estar precisando de ajuda tanto na reestruturação da cidade de Roma quanto na renovação da fé, além de dedicarem-se à interpretação do manuscrito que receberam.

- Papá irei ter com a tia, mas prometo-te estar mais próxima depois dessa aventura, ok? Bom, então vamos retirar logo esta foto, mostre às pessoas que tu achas que nos ajudarão, porque sinto que o tempo urge e temos que nos despachar rápido.

Cliff prometeu que na mesma noite enviaria a um amigo seu de confiança a imagem para que se iniciasse a busca da revelação.

Assim que enviou a foto percebeu a saudade que tinha em estar com seu objeto de poder, a sua famosa lança, em sua casa em Denver. Aproveitou que estava tarde e resolveu então ir direto para lá renovar suas forças deixando as mulheres dormirem na casa de Aspen Mountain.

O senador entrou em sua BMW, nem conseguindo apreciar a natureza exuberante do trajeto. Chegando a casa, desceu correndo até a cave, pegou a lança, sentou-se saboreando seu charuto cubano, bebericando seu Stranahan´s, um uísque próprio do Colorado. Era assim que sua cabeça funcionava, parecia que seus pensamentos clareavam! Após alguns minutos, resolveu telefonar para Dee.

Capítulo 11

ITÁLIA, SOCIEDADE FLOR DE LIS.

As irmãs da Flor de Lis, desde que receberam uma cópia do pergaminho, estavam determinadas a descobrir seu teor, comparando a língua com os livros, artigos adquiridos pela sociedade, bem como os documentos que salvaram do Vaticano depois do terremoto em Roma.

Bené, à frente da investigação, separou em suas mãos um dos 70 livros de bronze de Jesus Cristo[1], encontrados numa gruta de Saham, na Jordânia, entre os anos de 2005 e 2007.

Conseguiram cópias fidedignas das peças que foram avaliadas por peritos da Inglaterra e Suíça, datados do I século da era cristã, sendo considerados uma das mais

---

1 Referência para visualização da imagem na Bibliografia.

antigas representações do Cristianismo. O livro contém entre oito a nove páginas, com imagens frente e verso. Os códices foram encontrados a 160 km dos achados do Mar Morto, também em Qumran.

Ficavam impressionadas quando observavam estes documentos, tentando comparar alguma imagem ou escrita com as do pergaminho.

Paralelamente a isso, a líder enviou algumas irmãs a Aljustrel, em Portugal, lugar que nascera a irmã Lúcia, para tentar entrevistar algum descendente vivo, averiguando se sabiam algo acerca deste documento.

Até que o celular tocou e Beneditta atendeu.

- Ciau!

- Ciau... é a irmã Capollo. Afinal, temos tataranetos da irmã de Lúcia!

- Diga-me lá se ela aceitou que conversássemos pessoalmente - questionou Bené.

- Sim, ela está aguardando a visita.

- Ok. Darei o recado para Kathy e Mafalda.

Bené estava saltitante e resolveu discar de imediato para a amiga.

- Ciau, Mafalda!

- Tô sim, Bené, imensas saudades tuas! Diga-me coisas, irmã! O quê? Ainda há descendentes e qual é o nome dela?

- É a filha da Teresa de Jesus Rosa dos Santos, chama-se Maria de Jesus. Porém, amiga, ela disse que só está autorizada a falar com a escolhida.

- Como assim, Bené?

- Ela diz que tem uma linda história para contar para quem foi a escolhida por Maria a encontrar tal documento. Que Lúcia apenas autorizou quem apresentasse o benedito.

– Então isto são muito boas notícias! Falarei com Kathy e iremos ter contigo aí em Itália ou direto em Portugal. Aviso-te por telemóvel, ok?

– Ok. Beijinhos.

Instituto Enoch

O celular de Dee tocou e...

– Alô.

– Estás em casa, amigo? – perguntou Cliff.

– Não, estou no instituto. Não consigo parar de estudar esta coisa. É muito intrigante!

– Então conseguiste a tradução do mantra?

– Ainda não. Mas posso dizer-te que parece, veja bem, parece que Lúcia se refere a este manuscrito como o Quarto Segredo.

– Como assim, Dee? O Quarto Segredo de Fátima?

– Isso mesmo!

– Mas nunca ninguém falou acerca disto – mencionou Cliff.

– Lembre-se, meu amigo, que sua filha encontrou este pergaminho e é capaz de ser o único.

– Mas por que Lúcia escreveu em hieróglifos, em outras línguas e não em português? Por que não foi endereçada à Igreja, como os anteriores?

– São estes assuntos, além do teor do manuscrito que tenho investigado e acredito que ela deva ter tido bons motivos para não anunciar ao mundo este relato – explicou Dee.

Cliff argumentou:

- Vai ver que como nós sabemos que o último segredo nem a Igreja divulgara a informação correta, a pastorinha deve ter visto que cairia em ouvidos surdos e resolvera enterrar este.

- Pode ser, amigo. Mas sei que tenho estado a trabalhar o tempo todo e irei descobrir a história toda. Tendo novidades, telefono.

- Ok, Dee. Estou na espera!

Charles Dee resolveu voltar às suas origens estudando o hinduísmo com seu vasto corpo de escrituras que mencionam teologia, filosofia e mitologia sobre a prática do dharma.

Os Vedas e Upanishad possuem destaque em importância e antiguidade. Estudando os vedas, considerado a expressão da verdade divina, representando o conhecimento perfeito de Deus, assim como o cristão São João dizia, "o princípio era o verbo e o verbo era Deus". E lembrou-se das palavras de Brihadaranyaka em um dos mais antigos textos dos Upanishad:

"Assim como fumaça e faíscas se erguem de um fogo acendido com lenha umedecida, Maitreyi aspirou do Eterno todo o conhecimento e toda a sabedoria. O que conhecemos como Rig Veda, o Yajur Veda e o resto. Eles são o fôlego do eterno."

Observando o pergaminho, reconheceu naves semelhantes aos vimanas, que foram carruagens que poderiam se deslocar em grandes velocidades na atmosfera, água e no espaço, referidas no império de Rama que existiu pelo menos há 15.000 anos, no norte da Índia, e paralelamente a civilização atlante, mencionada por Platão.

Foram encontradas por arqueólogos algumas destas cidades datadas de 5.000 anos de existência que já apresentavam sinais de uma sociedade politicamente organizada e moderna. Com sistema de irrigação, esgotos, iluminação e largas avenidas semelhantes a de nossos tempos. Porém, este povo utilizava como meio de locomoção máquinas voadoras, que atingiam a velocidade do vento sem produzirem barulho algum, decolando-se verticalmente e pairando no ar.

Dee selecionou então, especificamente o documento VYMAANIDASHAASTRA AERONAUTICS, tradução do tratado científico Vymaanika-Shaastra, que lida com todos os aspectos possíveis dos Vimanas[2]. São 230 tópicos lidando com a forma de pilotar os Vimanas, precauções com voos longos, proteção contra tempestades e relâmpagos, e como voar com a energia solar. Possui oito capítulos com diagramas que mostram os tipos de naves, incluindo aparatos que nunca quebravam ou se incendiavam. Também cita 16 materiais que absorvem luz e calor, essenciais para a construção dos Vimanas.

Dee colocou em sua mesa também um artigo do jornal "Wiener Montag", de 29 de dezembro de 1947, que se refere às expedições Nazis realizadas na Índia e no Tibete nos anos 30, relatando a busca de Hitler pelos conhecimentos ocultos dos Vimanas, mostrando que conseguiram desenvolver motores baseados em propulsores para suas bombas V-8, além de produzirem um típico Vimana[3].

---

2 Referência para visualização da imagem na Bibliografia.

3 Referência para visualização da imagem na Bibliografia.

As figuras são nitidamente parecidas e Dee começou a se alegrar por vislumbrar o início de uma história.

O senador, depois de renovar suas forças junto à sua sacra relíquia, sabia como agir com Kathy. Contaria para ela o que Dee estivesse descobrindo sem muitas explicações. Iria com muita calma, assim daria tempo para travar um plano final para adquirir mais este tesouro para sua coleção. Resolveu voltar para Aspen Mountain.

Kathy já o esperava em casa ansiosa com informações.

– Então, papá, conseguiste saber algo?

– Parece que sim, pequenina. Contactei um amigo especialista em ocultismo que depois de pesquisar a imagem, disse-me que parece ter um mantra escrito em sânscrito, além de citar que este manuscrito pode se referir ao Quarto Segredo de Fátima.

Mafalda estremece por dentro.

– Como assim, Quarto Segredo?

– É isto que estás a ouvir, tem menções a um quarto selo!

– Mas, tia, papá? Estudamos todas as hipóteses, porém sem nenhuma referência a isto!

– Eu sei, filha, fiquei também impressionado, mas tudo indica que tu achaste o quarto selo.

Ele foi em direção à filha e a abraçou.

– Tinha que ser a minha miúda a fazê-lo!

– É pá! Não sei o que isso significa, papá, mas estou parva com tudo isto.

– Tia, temos que avisar a Flor de Lis!

Cliff ficou furioso por mais pessoas saberem de seu artefato.

– Por que contaste a mais pessoas, miúda, isto pode ser perigoso!

– Cunhado! – Mafalda interviu.

– Assim como tu tens a sua sociedade, nós temos a nossa e Kathy faz parte destas mulheres guerreiras. Então fique tranquilo que estamos em boas mãos!

– Espero que saibas o que dizes, Mafalda – disse Cliff.

Mafalda ficara a pensar:

"Tenho certeza que este conhecimento está melhor com elas, do que em tuas mãos, cunhado! Não falarei nada ainda dos descendentes de Lúcia. Só quando estivermos no avião que direi à Kathy, para que ela não transmita isto a ele!"

– Tia, seria bom então termos com Bené, contarmos isto e darmos continuidade à nossa investigação. Aborrece-me ficar num sítio só. Papá, não fiques triste que logo sua pequena retornará com boas notícias e enquanto isso o que encontrares avise-me, ok?

– Ok, minha menina. Mas vá dando notícias, quero saber de cada passo seu.

– Prometo-te, papá.

Assim que elas partiram o senador recebeu de Dee as atualidades nos estudos e estava cada vez mais empolgado com as revelações deste documento.

Capítulo 12

JANEIRO DE 2023.

Faltam 185 dias.

Eduardo Kollen, do Clube Bilderberg, telefonou para Cliff anunciando:

– Estamos a caminho!

Cliff sabia muito bem o queria dizer aquela frase e ficou na expectativa do início da Terceira Grande Guerra Mundial.

Depois da última reunião em que os Bilderberg deu-se carta branca para a empreitada da guerra, deu-se a largada para seu plano inicial de desestabilização do Irã e da Síria, que eram países importantes, riquíssimos em matérias primas, com uma visão independente que não se submetiam ao *diktat* americano.

Resolveram então iniciar com a operação de intoxicação através dos meios de comunicação.

Com a consciência de que a mídia tem o poder de criar uma falsa guerra, colocaram suas marionetes em prática.

Isto não é novidade para o grupo, já que usufruíram desta técnica por diversas vezes, como nos seguintes casos:

Em 1994, foi dado através de uma estação de música Pop, a "Radio Libre des Mille Collines", (RTML) o sinal verde para o genocídio no Ruanda, apelando a "Matar as baratas!".

Já em 2001, a NATO (Organização do Tratado do Atlântico Norte) utilizou-se da mídia interpretando os atentados de 11 de setembro para justificar os ataques ao Afeganistão e ao Iraque. Nesta época, Francis Rhodes era o encarregado pela administração Bush de redigir o relatório da Comissão Kean/Hamilton acerca dos atentados.

Em 2002, a CIA realizou um golpe de estado contra o Presidente da Venezuela, Hugo Chaves, forçando-o a demitir-se através da utilização de cinco cadeias da mídia, entre elas, Televen, Globovision, Meridiano, Vale TV e CMT.

Em 2011, na batalha de Trípoli, a NATO programou em estúdio e difundiu pela Al Jazeera e pela Al Arabiya várias imagens de rebeldes Líbios entrando na praça central da capital para persuadir os habitantes de que a guerra estava perdida, abrindo mão de qualquer resistência.

O início da Terceira Grande Guerra visava desmoralizar os sírios, preparando um golpe de estado.

Não existindo rede hertziana na Síria, (as televisões são exclusivamente captadas por satélite), o que facilitaria a criação de uma guerra psicológica acordadas em algumas cadeias de satélite, entre as quais Al Arabiya, Al Jazeera, BBC, CNN, Fox, France 24, Future TV, MTV, Barada, Orient News, Syria Al Chaab, Syria Al Ghad, além de mais de quarenta cadeias religiosas Wahabitas, apelando ao massacre confessional de "Os cristãos para Beirute, os alauítas para o túmulo".

Foram redigidas falsas informações, que elaboradas pela equipe de Michel Smith, participante dos Bilderberg e adjunto da segurança nacional dos EUA, sendo validado reciprocamente em cada mídia, de maneira a contribuir tornando-os críveis aos telespectadores.

As imagens foram elaboradas por realizadores em estúdio próprio, que contava com a filmagem de partes da "história" a céu aberto na Arábia Saudita, dando ênfase ao massacre realizado pelo governo, manifestações populares por meio do exército Sírio Livre, ministros e generais apresentando sua demissão e o presidente El-Shahid desertando de seu país, com um novo governo instalando-se no palácio presidencial.

Após a transmissão das cadeias televisivas com uma campanha de bombardeio estilo "pavor e choque" a guerra civil na Síria estava encaminhada.

Eram mais de 5.000 homens, entre eles os jihadistas do Iraque, Líbia, Jordânia e Arábia Saudita, utilizando armas tecnologicamente sofisticadas, além do confronto entre religiosos Xiitas, Sunitas e Cristãos.

E para bancar a desordem total, os EUA e a NATO contrataram os "soldados da fortuna", os mercenários, que tinham como objetivo a demonização do governo Sírio que seria culpabilizado pelas atrocidades acontecidas, fazendo com que o restante da população invocasse uma intervenção militar com fundamentos humanitários.

Paralelamente aos acontecimentos na Síria, os EUA, ONU e países aliados tomavam as medidas necessárias e fechavam o cerco no Irã, preocupados com a fabricação de armamento nucleares. O país já contava com mais de oito usinas.

Ocorreram medidas impostas pela União Europeia que incluíam o congelamento dos ativos do Banco Central Iraniano como parte das sanções, forçando o Irã a dialogar sobre o enriquecimento de urânio e a quantidade de usinas nucleares.

Em resposta a estas sanções impostas pela União Europeia, que tiveram o apoio incondicional dos estadunidenses e seus aliados árabes, a Comissão de Segurança Nacional e Política Exterior do Parlamento do Irã, aprovaram um projeto de lei que bloquearia a passagem de navios petroleiros para os países que apoiavam as sanções contra Teerã através do Estreito de Ormuz, dificultando assim a passagem de mais de 20% do petróleo mundial.

Capítulo 13

Mafalda e Kathy marcaram com Bené e a Sociedade Flor de Lis de encontrarem-se direto em Portugal para conversarem com a descendente de Lúcia.

O avião pousou no Aeroporto de Lisboa e na espera estavam as mulheres da Flor de Lis.

Beneditta estava muitíssimo feliz pelo reencontro com sua querida amiga e com "a escolhida" de Maria e de Lúcia, a Pastorinha.

– Quantas saudades, minhas irmãs – mencionou Mafalda.

– Vamos já arrendar os carros para irmos ter com a sobrinha-neta de Lúcia – disse Kathy.

Mafalda, que já conversou com Bené, respondeu:

– Não te preocupes mais porque já estamos com uma carrinha que nos levará até o sítio certo.

Pegaram a estrada A1 e foram em direção a Aljustrel, cidade da família de Lúcia de Jesus dos Santos.

Ao passar por Coimbra, Kathy lembrou de sua monografia e de como a deixou de lado. Pensava em como sua vida tomou um rumo tão diferente. Na sua cabeça, a única coisa que cabia hoje em dia era a revelação daquele segredo. Depois disto, quem sabe, haveria tempo suficiente para terminar seu mestrado.

Chegaram a Aljustrel, que é situada no coração do baixo Alentejo, região que corresponde a quase um terço da área de Portugal. Considerada a antiga cidade romana de Vipasca, denominada Albasturil pelos árabes, sendo conquistada em 1234, no reinado de D. Sancho II, por D. Paio Peres Correia, além dos Cavaleiros da Ordem de Santiago de Espada.

Passaram pelos campos a perder de vista, regados de flores imensas de girassóis. Um cenário que se percebia ser dominado tanto pelas searas como pelo montado. Um espetáculo grandioso de um passado milenar.

Passaram por vários jardins ao ar livre, com grupos de amigos conversando tranquilamente, enquanto as crianças brincavam com simplicidade e à vontade.

Kathy tinha a sensação de voltar no tempo. Observou curiosa a arquitetura local, não havendo sequer um prédio construído e todas as casas eram brancas com suas chaminés tipicamente alentejanas, de origem árabe, que marcavam a cidade com um traço de puro requinte no meio da natureza, simplicidade e harmonia.

Sentia-se muito bem naquele local. Mesmo morando tão perto, jamais teve tempo para passear e visitar aquela cidadezinha que era ao pé de Coimbra. Percebeu quanto tempo perdeu por não se permitir sair do ambiente acadêmico.

Sua vida mudara em tão pouco tempo! Assim como observou paisagens novas ao seu redor, conseguiu perceber tudo de maneira mais completa e ao mesmo tempo diferente.

Era como se as mudanças que ocorreram através de fatores externos em sua vida, também ocorreram em seu interior. Sentia-se outra pessoa, mais simples, harmoniosa, com um profundo amor pela natureza, pelas pessoas, por tudo à sua volta. Mas, principalmente, era muitíssimo grata pela Flor de Lis, que mostrou a ela e a toda uma sociedade uma nova realidade, assim como a importância em ser mulher!

Continuava a observar tudo ao seu redor, com admiração e paz em seu coração até que dispersa em seus pensamentos nem se deu conta de que chegaram.

Algumas mulheres da Flor de Lis que fizeram o primeiro contato com Maria de Jesus desceram da carrinha na frente, indo a seu encontro.

Maria estava em pé na porta, tremendo de emoção. Lembrando do tempo que sua família ansiava por aquele encontro, afinal já se passaram três gerações guardando este segredo.

Lúcia passou a informação para sua irmã Teresa, que transferiu para sua filha Joana, que teve cinco filhos, escolhendo Maria de Jesus para ser a portadora da boa-nova.

Sentia um tremendo orgulho por receber aquela missão. Sempre sonhou com a possibilidade de ser ela o instrumento daquela revelação para a escolhida.

Seu dia chegou e seria hoje e agora que a conheceria.

Assim que a viu, sua reação foi de se ajoelhar, afinal ela sabia da importância da mulher que estava à sua frente.

Kathy ficou assustada com aquela reação, puxando seus braços rapidamente para que se levantasse e disse:

– Que isto, Maria?

Maria, com os olhos marejados começou a chorar.

Kathy a pegou em seus braços e a deteve por um tempo. A energia de amor incondicional pairava no ar. Todas da Flor de Lis abraçavam-se e festejavam a alegria daquele momento.

Maria, enxugando as lágrimas, se recompôs e ofereceu a entrada de sua casa:

– Sejam muito bem-vindas, que a minha casa seja a vossa casa.

Eram um total de sete mulheres mais as que as recepcionavam.

Entraram numa casita com aspecto rural, metade de pedra e a outra de alvenaria. Os cômodos eram grandes, espaçosos e atrás da casa havia um terraço com uma área verde vasta em que a natureza era convidativa para um encontro entre amigos.

Neste momento, Maria já oferecia taças cheias de vinhos tradicionais. Havia o Periquita, Monte Velho e o Poliphonia Signature 2008, que foi considerado o melhor tinto, segundo um concurso mundial, realizado em Bruxelas.

E assim sentaram-se ao redor da mesa. Maria, sentindo a forças das gerações passadas, questionou:

– Para que vieste aqui, Katherine Stuarty?

Kathy sentiu a importância do momento, daquela pergunta e iniciou sua conversa:

– Viemos para saber acerca do manuscrito que encontrei no Castelo do Alabastro, em Leiria.

– Tens ele contigo?

Maria tinha que iniciar formalmente aquela conversa que tanto foi ensinada e treinada para aquele momento. Não poderia deixar dúvidas no ar para que se passasse tal informação.

– Sim, cá está!

Mafalda pegou com delicadeza o manuscrito entregando à Maria.

Maria ficou muito emocionada quando abriu o documento, lembrando também em como suas ancestrais transcreveram na íntegra o seu teor. Sentiu uma emoção muito forte de estar participando daquele encontro. Iniciando sua explanação:

– Katherine Stuarty, vieste com a missão de iluminar o Planeta Terra, de unir os corpos a vossa presença crística formando uma ponte entre reinos e dimensões.

Através deste manuscrito e do ritual que farás, criarás uma ponte de amor unindo mentes, seres como irmãos, estabelecendo um novo reinado. Uma nova aurora se instalará neste momento de profundas transformações para a Terra e para a humanidade.

Transmutarás assim as situações de violência e conflito que instalam-se no atual mundo. Farás manifestar uma nova realidade consensual para nossa amada Mãe Terra e para humanidade.

Kathy e as outras mulheres, com os corações unidos, escutavam com lágrimas em seus rostos e aguardavam as informações.

Maria continua:

– Lúcia recebera mais revelações do que passou para a Igreja.

O ser espiritual de luz que apareceu, que consideramos Maria, mãe de Jesus, solicitara que o teor deste Quarto Selo ficasse escondido por gerações para que a escolhida, no momento certo, quando o encontrasse, fosse a única junto com suas irmãs e irmãos de alma, que poderiam realizar um rito de passagem que poriam em ordem o caos na Terra.

Kathy não conseguia nem pestanejar nem falar.

– As trevas tomaram conta deste planeta quando no início dos tempos, fora nos negado a igualdade das polaridades femininas e masculinas, que deveriam ser reverenciadas para que a unidade de Deus Pai-Mãe, Filho e Espírito Santo continuasse a resplandecer.

Quando os homens começaram com o conflito do poder, desqualificando o Sagrado Feminino, inicialmente através do ocultamento da verdadeira história de Eva, a seguir com a esposa e chama gêmea de Jesus, Maria Madalena, as trevas tomaram conta de nossa amada Terra e os mestres de luz junto ao seu conselho do carma, já nos julgaram.

Podemos ver isto com todas as transformações que estão a ocorrer no mundo, mas agora que encontraste o pergaminho, verás coisas que ainda te surpreenderão. Ocorrerão coisas muito piores com a humanidade.

É chegada a hora de uma verdadeira guerra entre os espíritos da luz e os das trevas.

Através deste manuscrito e de seu teor, juntamente com a sua comunidade, você poderá restaurar este equilíbrio.

Kathy, apavorada com tamanha história, afirmou:

- Eu sou muito grata por tamanha honra e glória, mas por que eu que sou uma simples pessoa, que me é dada tamanha missão?

- Não sei responder-te, Kathy, mas os mestres sabem e foste tu a escolhida!

- Mas o que tenho que fazer e quando deverei fazê-lo?

- Ainda ocorrerão alguns eventos que profundamente abalarão a Terra, e chegada a hora, tu encontrarás outro mensageiro como eu, que te iluminará o caminho. A minha missão por agora está acabada.

Vamos festejar todas nós, mulheres que fazemos parte da reestruturação de uma nova idade de ouro que se iniciará em nosso planeta. Mas antes, vamos ao almoço que nos espera, a festa está feita em homenagem a este dia glorioso.

Sentaram-se à mesa e iniciaram um banquete tipicamente alentejano, preparado com o amor de todas as Marias.

Eram linguiças, queijos, pães, migas de espargos com carne de porco, feijoada alentejana, ensopado de lebre, além dos doces tradicionais que as aguardavam numa mesinha à parte, contendo pão de rala, toicinho do céu e o bolo rançoso.

Kathy e o restante das mulheres despediram-se de Maria alegremente, mas receosas pelas informações destes novos acontecimentos. Por isso, decidiram permanecer por mais tempo próximas dos arredores de Fátima. Afinal, como Maria mencionou nas cartas de Lúcia, era aqui em Portugal que seriam conservados os dogmas da fé. Assim estariam seguras, protegidas e com as bênçãos dos céus seria ali, que descobririam como fazer o tal ritual de passagem.

No dia seguinte, Kathy aproveitou o tempo livre e marcou um encontro com seu amigo mais precioso e colega de mestrado, Nuno. Pegou sua Harley em seu cafofo e foi em direção ao Nuno.

Ele já a aguardava nos bancos do bar do Parque do Choupal.

Este parque tinha uma área de cerca de 80 hectares, acompanhava o Rio Mondego por mais de dois quilômetros, é um passeio agradável pela orla ribeirinha.

Ele sabia que Kathy adorava aquele pulmão de Coimbra, onde sentia o contato com suas árvores milenares, dentre elas Plátanos, Faias, Loureiros, Eucaliptos, além dos cantos específicos de mais de 70 espécies de aves.

Nuno estava com um Chopp imperial esperando por sua querida amiga.

Passados alguns minutos, ele a vê atravessando a ponte próxima ao bar. Levantou-se e foi ao seu encontro. Abraçaram-se por alguns minutos e ele iniciou a conversa.

– Por que sumiste por tanto tempo, pá? Nunca mais ligaste, deste a entender que não querias mais o mestrado e nem nossas amizades!

– Que isto, amigo? Tu conheces-me bem e sabes que jamais faria isso se não tivesse uma boa razão! Vamos sentar e beber uns copos que a história é bué longa...

Sentaram, ficaram a tarde inteira conversando. Kathy abriu seu coração como sempre fez em todos estes anos que tiveram contato. Conheceu Nuno bem pequena, quando passava férias visitando sua tia. Tiveram afinidade desde o primeiro encontro e firmaram o compromisso de realizarem as pós-graduações juntos, em arqueologia.

Nuno ficou impressionado com o teor da conversa e a dimensão que aquilo se mostrava.

– Kathy, passastes por uns bocados, agora, mais do que nunca, tens que ser bué forte para estes próximos acontecimentos. Não tinha a mínima ideia que participaste daquela revolução dentro da Igreja. Que mulheres fortes que estavam à frente daquele movimento! E pensar que tu e a tia Mafalda estavam no meio de tudo isso! É pá, é de tirar o fôlego! Sobre o mestrado, não te preocupes, porque isto é muito pequenino em comparação aos episódios que tens que travar. Sei que podes ficar mais um tempo sem aparecer, mas saibas que estarei sempre aqui para ajudar-te no quer que seja. Tu sabes que sou um joão-ninguém, mas a mãe, como tu sabes, é diplomata se calhar, pode ajudar-te em algum sentido. Força, amiga!

– Nuno, como és querido! Não sabes o peso que sai de minha alma a desabafar-te. Sei muito bem, meu amigo, que estais sempre comigo e não me farei de rogada caso seja preciso. Muito obrigada!

Instituto Enoch

Dee telefonou solicitando ao senador que viesse o mais breve possível a seu encontro no instituto, já que tinha informações vitais acerca do pergaminho. Ficou incrivelmente chocado com as revelações, riquíssimas em informações e estas eram preciosas nestes tempos vindouros. Dee o aguardava em sua sala de arquivos.

Cliff chegou afoito.

– Diga logo, Dee! Deixaste-me em chamas com a expectativa deste encontro. O que tens a dizer-me afinal?

– Bem, senador, de fato a tradução do mantra que se refere o pergaminho é encontrado no Gopala Tapani Upanishad e Krishna, que ao vocalizá-lo forma-se instantaneamente uma geometria sagrada a qual fogem aterrorizados quaisquer espíritos negativos ou energias trevosas.

– Ehhh? – perguntou Cliff. – O que isso tem a ver com o contexto? Qual é o mantra e o que fazemos?

– Vamos por partes:

O mantra é o KLIM, KRISHNAYA, GOVINDAYA, GOPIJANA, VALLABHAYA SWAHA...

Revendo os estudos da geometria sagrada, percebi que era um tipo de pentagrama encontrado nas práticas de Magia Cerimonial. Sabemos que este símbolo sempre fora, no decorrer de toda a história, um talismã de poder e muito interesse, utilizado por diversas civilizações e culturas.

Esta estrela sagrada também é chamada de Pentagrama Esotérico, Pentalfa Gnóstica ou Estrela Flamígera. Os Egípcios a utilizaram, os druidas também, chamando-o de "Pé dos Druidas".

Pitágoras acreditava que ele era o símbolo do Himineu celeste, considerando-o a fusão da alma com o espírito, além de seus discípulos terem que portá-lo na mão direita para participarem das reuniões secretas.

Já foi a representação do Cristo, como uma designação de Alpha e Omega e os alquimistas medievais o consideravam o quinto elemento, o éter ou o Espírito Santo.

Na obra "Fausto", do grande iniciado alemão e poeta Goethe, o símbolo é citado num dos diálogos entre o Doutor Fausto e Mefistófeles.

Cliff interviu:

- Sei que o pentagrama refere-se tanto aos elementos da natureza quanto ao espírito, podendo ser utilizado tanto para o bem como para mal. Na maçonaria, como em outras lojas, este símbolo é associado no rito Escocês, ao grau de Mestre Eleito.

Dee continua:

- Pois é! Ele ficou mundialmente conhecido depois do livro "Dogma e Ritual de Magia", de Eliphas Levi, considerado o maior ocultista do século XIX.

Tivemos mais conhecimento acerca deste símbolo através do Abade Trithemo, o criador do Pentagrama Esotérico e seus discípulos Paracelso, Cornelius Agrippa e o Doutor Fausto de Praga.

Posteriormente, ocorreram três correções a este símbolo que foram dadas por Victor Manuel Gómez Rodrígues, conhecido no meio ocultista por Samael Aun Weor, para que assim se tornasse completo em suas representações cosmogônicas e elementais.

Se considerarmos que as letras de um alfabeto nada mais são que sinais gráficos, o Tetragrammaton é uma complexa combinação de letras do alfabeto hebraico, grego e latino, associados a diversos símbolos ocultistas.

Nele se insere o pentagrama entrelaçado, símbolos zodiacais, algarismos e formas geométricas entre outras representações, desempenhando funções muito importantes como talismã, utilizados em rituais de alta magia e invocações, para abrir as portas da consciência humana.

Dee apresentou o símbolo[1].

O senador solicitou:

- Especifique-os, Dee...

- Podemos interpretá-lo como a representação da entidade humana evoluída em todos os estágios espirituais.

- Em seu ângulo superior, encontramos os Olhos do Pai, como representação do planeta Júpiter. Uma alusão aos olhos do criador que coordena a tudo e a todos.

No braço direito, encontramos o símbolo astrológico e zodiacal do planeta Marte, representando a força e energia pura da criação.

No ângulo inferior e direito está a representação zodiacal e astrológica do planeta Saturno. Este é um dos principais símbolos num ritual de magia, representando os mestres que anularam o próprio ego e as falhas inerentes ao ser humano, atingindo a perfeição.

Posicionados nas linhas verticais e próximo ao centro da figura, temos o sol e a lua, fazendo referência às polaridades femininas e masculinas da criação contendo em todos os organismos, incluindo o Microcosmos e Macrocosmos.

No centro, encontramos os planetas Mercúrio e Vênus, símbolos que são encontrados na literatura alquímica, referindo-se à união dos polos onde surgirá o caduceu de mercúrio.

---

1 Referência para visualização da imagem na Bibliografia.

Falando nele, o caduceu de mercúrio é o símbolo alquímico da transmutação. Refere-se ao resultado da união entre os polos feminino e masculino, entre as forças lunares e solares, e o ponto de equilíbrio entre eles. Podendo ser interpretado pela sua posição no centro da figura, com a coluna vertebral do ser humano e a kundalini, responsável pela união da energia sexual entre as polaridades.

Esta inscrição hebraica é um tetragrama pronunciando Jehovah que lê-se da direita para a esquerda, é uma das alusões referentes ao nome de Deus.

Alpha e Omega, sendo a primeira e última letras do alfabeto em grego, sendo também uma referência do princípio e fim de todas as coisas. O Alpha encontra-se abaixo dos Olhos do Pai. O Omega está invertido, na base do caduceu de Mercúrio, significando um caldeirão utilizado pelos alquimistas ou ainda o útero da Deusa.

Estes números binários (1 e 2), inseridos fora do pentagrama, são uma referência à bipolaridade de todas as coisas existentes, todas tendo dois lados, sendo assim, masculino e feminino, início e fim, bem e mal, luz e trevas.

O *Logos* é uma palavra em grego que significa a razão, também sendo representado pela fonte de ideias e o verbo divino. Estes números, 1, 2, 3 representam a trindade do Pai, Mãe e Filho e simbologicamente pode ser associado à forma geométrica do triângulo, encontrado em tradições esotéricas.

O cálice significa a força feminina da criação e simboliza o elemento água.

A espada flamejante logo abaixo da estrela representa a espada de fogo e o elemento fogo, porém associado ao

Tetragrammaton representa também as forças masculinas da criação e a fertilidade das antigas tradições.

O Báculo é o bastão utilizado pelos magos. Está dividido em sete escalas, representando os estágios da evolução. Na alquimia é relacionado ao elemento terra.

O Hexágono do mago, representa o equilíbrio do espírito sobre a matéria e simboliza o elemento ar.

– Então, resumindo, quando decretamos este mantra que falaste, o tal do Klim, KRISHNAYA... é materializado este talismã, é isto? – perguntou o senador.

– Sim, meu caro. Só que como você sabe, esta materialização não é vista na dimensão de nosso corpo físico, que é a terceira. Ao vocalizá-lo ele materializa-se imediatamente em quinta dimensão. Este mantra é o Pentagrama Esotérico em toda a sua complexidade como o expliquei anteriormente.

Cliff como era também um entendedor em ciências ocultistas, afirmou:

– Meu Deus, este é o Signo da Onipotência Mágica.

– Exato.

– Agora, explique-me qual a ligação com Lúcia e por que disseste-me que é o Quarto Segredo de Fátima? – questionou Cliff

– O manuscrito é repleto de hieróglifos e outras línguas arcaicas que, com a minha singela contribuição...

Dee riu, porque sabia que sua inteligência era acima da média e que pouquíssimas pessoas conseguiriam fazer um trabalho como este.

– Bom, continuando a história desse achado, diz basicamente isso. Porém, acho bom se sentar.

– Chega de conversas, Dee, conte-me logo!

– Lúcia o chama de o Quarto Selo e que devido a alguns acontecimentos na Terra, terá que ser feito este Ritual Cerimonial para que uma nova geração se estabeleça neste planeta.

Agora, atenção! E que apenas através da "escolhida" que poderá ser feito este rito de passagem e será através da sua invocação que virá a ajuda necessária para esta nova era.

– Que acontecimentos são estes? Já descobriste?

– Ainda não, meu amigo.

– E quem é esta escolhida?

– Presumo que seja a sua filha. Não foi ela quem o encontrou?

Cliff ficou muito pensativo e apreensivo com as elucubrações de Dee.

Sentiu-se subitamente agitado, resolvendo sair dali rapidamente e voltar para sua casa em Denver, para estar com seu precioso talismã. Assim conseguiria pensar melhor. Chegando a sua casa, tomou um banho, vestiu-se à vontade com sua camisa de dormir e foi em direção à sua cave.

Acendeu um charuto, tomou um gole de seu uísque com a Lança do Destino em uma das mãos. Depois de uns dez minutos, caminhando de um lado e de outro, iniciou sua indagação em voz alta.

"O pergaminho refere-se a futuros acontecimentos... Seria a guerra que queríamos e que por agora estamos iniciando? Só pode ser isto!

Se a pequenina que fora a escolhida para encontrar este selo, ela que terá que fazer este ritual para nova era?

O que já sei é que já estamos instaurando a nossa nova ordem, mas a Kathy seria este instrumento principal para que ela de fato reinasse na Terra?

Então ela que é o elemento chave para os futuros acontecimentos, e é minha filha! Será muito mais fácil chegar onde sempre quis, a presidência desta Nova Ordem Mundial."

Ficou imaginando este novo cenário em que a sua pequenina seria o seu trampolim para o cargo que sempre pertenceu a ele por destino.

"Tenho que trazê-la ao pé de mim o mais rápido possível. O problema será conseguir com que se desvincule de Mafalda e desta tal sociedade feminina.

Terei que ser sincero desta vez e falar-lhe a respeito da sua importância para atraí-la e prosseguir com meus planos.

Na manhã seguinte, falarei com ela."

Capítulo 14

– Tô. Papá que bom que ligaste! Ia mesmo ligar para ti.

– Tenho muitas boas notícias sobre o manuscrito, pequenina, e gostava imenso que vieste ter comigo aqui em nossa casa em Denver.

– Também tenho boas notícias, papá. Estivemos com a descendente da família de Lúcia, que disse-me coisas interessantes.

O coração de Cliff batia rápido com mais esta possível revelação.

– Façamos assim, Kathy. Enviarei meu jatinho para buscá-la e assim estaremos logo juntos!

– Papá, nem acredito! Escusa enviar-me o jato, porque posso pegar um avião normal e ter contigo!

– Não, pequenina, faço questão! Estais onde em Portugal?

– Estou em Aljustrel. O aeroporto mais próximo fica em Beja, a uns 36 km daqui.

– Ok. Estejas pronta que já ligarei para o piloto.

O senador desligou e rapidamente ligou para Fernandes para buscar sua pequenina em Portugal.

Mafalda estava próxima à Kathy, ansiosa por saber mais sobre o telefonema.

– Então, flor, conte-me as novidades!

– Tia, tu não vais acreditar! Papá disse-me que tem novidades sobre o pergaminho e que enviará seu jato para ter logo com ele!

Mafalda achou estranhíssimo o senador enviar seu jato particular para buscar Kathy. Nunca tomou aquela atitude de mandar buscá-la! Sempre alegou que este jato era para uso das suas relações profissionais. Além de preocupar-se devido às sensações que tinha a respeito do cunhado, não deixaria por nada sua pequena flor estar sozinha nesta empreitada.

– Flor, então façamos o seguinte. Enquanto a Flor de Lis estuda cá em Portugal mais acerca deste documento, eu e Bené iremos juntas contigo.

– Achas necessário, tia? Bené tem tantos assuntos por cuidar!

– Sim, de certeza. Fará bem a ela sair um pouco da Europa.

Mafalda pegou Bené pelo braço e foram conversar às escondidas.

– Bené, o senador disse que tem novidades e mandará seu jato particular para buscar Kathy. Tu sabes que tenho tido impressões esquisitas acerca de suas intenções e gostava que fostes conosco, assim ajudarías-me a ter um juízo de valor acerca dele.

– Ok, Mafalda. Confio em ti, minha querida. Sabendo da importância da nossa escolhida, temos que protegê-la de quaisquer eventualidades. Iremos as três a este encontro. Enquanto isso, a Flor de Lis fica a procurar mais informações. Mandarei vir mais irmãs de Roma, para aumentarmos nossa busca.

O senador avisou à sua pequenina a hora da chegada do voo e as três já estavam no aeroporto de Beja. Assim que o avião pousou, Fernandes as recebeu e de acordo com as ordens de Cliff, deveria levá-las imediatamente ao encontro de seu patrão.

Cliff aguardava sua pequenina em sua casa de Denver, ansioso por botar as mãos naquele documento. Passou a noite em vigília, mentalizando a vida que queria cocriar a partir desta nova situação.

Esperava-a para jantarem juntos até escutar a porta se abrir. Estava com um sorriso estampado até ver as três mulheres chegando juntas. Não poderia transparecer sua frustração.

Foi em direção à porta, pegou as malas dando um beijo em sua filha e falou:

– Ora pois! Quantas raparigas em minha casa! Não esperava a vossa ilustre visita, Mafalda! Desististe da vida em clausura? – disse Cliff sorrindo.

– Olá, cunhado. Sinto um imenso gozo em estar contigo também! – ironizou Mafalda. – Como sabes, a Flor de Lis mudou a vida de nós mulheres! Somos o templo vivo de Deus. Assim como ele está em todos nós, nós podemos estar no mundo, como instrumentos dele e temos coisas importantes para resolver, não é mesmo?

Beneditta ficou apenas observando.

Kathy percebendo Bené de lado, segura-lhe o braço e diz:

- Papá, tenho a honra de apresentar-lhe Beneditta, a representante da Flor de Lis.

- Lembro-me de seu rosto dos telejornais. Tenho que afirmar que tiveste uma atuação brilhante dentro deste movimento!

- Obrigada, senador! Sua face também não me é estranha, já a vi algumas vezes na mídia. Obrigada pela sua calorosa recepção - Bené o ironizou.

- Soube que é o atual proprietário da Lança do Destino, adoraria vê-la de perto, será que me concede esta honra?

Cliff ficou vermelho de raiva, pensando:

"A gaja vem para minha casa sem ser convidada e além do mais tem a cara de pau de querer ver meu precioso talismã!"

Ironizando, continua a conversar.

- Claro que sim, irmã! É assim que devo chamá-la?

- Chamo-me Beneditta Tolotti!

- Sim, sra. Tolotti, vou mostrar-lhe. Porém, temos assuntos mais importantes para tratar, não é, Kathy? Tu podes vir ter ao meu quarto?

- Claro, papá!

Kathy fora a seu encontro e enquanto caminhavam juntos, ela ficara a pensar indignada em porque aquelas santas mulheres foram tratadas com tamanha frieza.

Ao chegarem ao quarto, Cliff fechou a porta e falou:

– Por que trouxeste estas gajas contigo? Pensava que teríamos um encontro só pai e filha.

– Pois bem, papá! Dizes-me tu por que as tratastes de maneira tão informal. Sinto-me envergonhada com sua recepção. Não sabes que faço parte da Flor de Lis e o que elas representam?

– Sei que tu pertences a esta tal sociedade, mas o que isso tem a ver conosco e com o pergaminho? – Cliff argumenta.

– Tem tudo a ver! Tu sabes que a tia é como a mãe para mim e esta mulher a qual desprezas, tem aberto minha consciência como ninguém fizera até hoje! Além de ambas ajudarem-me, junto, é claro, com todas as irmãs da sociedade, a desvendar tal mistério.

– Ok. Desculpa lá! É que ando assoberbado com muitas responsabilidades frente aos novos acontecimentos – desculpou-se abraçando-a.

Kathy sentiu-se mal! Não entendeu o comportamento de seu pai e seu coração estava ferido naquele momento.

– Vamos ter com elas que conversaremos todos juntos.

Cliff percebeu que não haveria hipótese de estar a sós com Kathy. Descobrira, naquele momento, que não seria tão fácil assim conseguir dominar sua pequena, que a seus olhos, acabara por apresentar-se como uma mulher.

Voltaram para a sala. Cliff foi até a cozinha, pegou uns vinhos para aquecer o ambiente, além de uns petiscos para beliscarem.

– Brindemos então à Flor de Lis! – disse ele. – Agora contais o que descobriram lá em Portugal.

– Primeiro tu, cunhado. Afinal, disponibilizas-te teu jato para buscar-nos. Acredito que tens mais a dizer que nós – sugeriu Mafalda.

– Ok. Bom, como vocês sabem, contatei um amigo especialista nesses assuntos a pesquisar o manuscrito. Através de sua pesquisa, informou-me que o manuscrito refere-se ao Quarto Selo, que os hieróglifos, as inscrições relatam um mantra poderosíssimo! Que ao vocalizá-lo será criada uma imagem que fará parte de um ritual cerimonial. E que tu, pequenina, que foste a escolhida ao encontrá-lo, deverá realizá-lo.

Beneditta argumentou:

– Que símbolo é este senador?

– É o Pentagrama Esotérico ou Tetragrammaton.

Mafalda estremeceu com a afirmação, dizendo:

– Este símbolo tem muito poder! É praticado nos rituais de magia.

Kathy questionou:

– Mas este símbolo não está a aparecer no manuscrito – declarou abrindo o pergaminho na frente de todos.

Cliff explicou:

– Tais a ver esta parte? – indicou com o dedo as representações do mantra. – Este mantra é o símbolo verbalizado. Ao decretá-lo em voz alta, forma-se uma imagem em outras dimensões. Parece que tu tens que fazer este ritual para que entremos em uma nova era.

Todas ficaram mudas pensando naquela informação.

– E o restante das figuras? – perguntou Mafalda.

– Dee, o especialista, mencionou que este mantra foi citado nos Upanishad, assim como a figura do Vimana.

Só ainda não sabe qual a relação deste Vimana com o Tetragrammaton.

Bené e Mafalda estavam caminhando de um lado para o outro conjugando estas informações com as que a Maria de Jesus disse.

- Tu dizes os Vimanas dos vedas? - questionou Bené.

- Isto mesmo!

Bené explicou então para Kathy acerca dos Vimanas.

- O que descobriram lá em Aljustrel? - Cliff perguntou.

Katherine contou a história, dizendo que a informação do manuscrito passara por muitas gerações até que a pessoa que a encontrasse teria a revelação.

Que é chegada a hora de uma guerra definitiva da luz e das trevas e que ela fora a escolhida por Maria, para equilibrar estas forças em nosso planeta.

- Estás importante, miúda! Não é à toa que encontraste este pergaminho, afinal vieste de uma família de descobridores, não é mesmo?

- Papá, não acredito que fora por isso, mas pelo fato de ter um coração puro.

Mafalda provocou:

- Acredito que este dom tem mais relação com minha família, cunhado.

- Papá, gostava de saber o que tu, enquanto senador, tens a dizer-nos acerca desta guerra entre luz e trevas?

- Acredito que as notícias do mundo estão a demonstrar um pouco desta tal guerra. Não vês como anda o Oriente Médio? Esta Terceira Guerra está por começar! Por isso que queria a minha pequenina por perto, afinal por cá estaremos protegidos de quaisquer eventos que venham ocorrer.

- Papa, tu achas mesmo que está para começar este terror? Sempre tivemos notícias que o Oriente Médio esteve em guerra! Mas se tu afirmas isto, é porque realmente os EUA irão intervir? Caso isso ocorra, então como nós, estando aqui nos EUA, estaremos protegidos?

- Sobre nossa nação intervir, acredito que iremos sim!

Cliff sabia que os estadunidenses já estavam por trás dos bastidores desta guerra há muito tempo.

- Será preciso! A Síria tem problemas sérios com uma guerra civil. O Irã com suas oito usinas nucleares...

E antes que ele pudesse terminar a frase, Bené continuou:

- Não venha me dizer que os Estados Unidos são os senhores salvadores da Pátria! Sei muito bem da vossa intenção em domínio mundial!

Mas parece-me que estão com problemas depois do fechamento do Estreito de Ormuz, no Golfo Pérsico, que fora utilizado para a passagem de embarcações, principalmente comerciais.

Agora pergunto, quantos trilhões seu país já deve ter perdido? Ou se não, encontraram outra alternativa, sr. senador?

- Tens uma impressão errada de nossa terra, sra. Tolotti. Sempre ajudamos os países a restaurar a paz!

Sobre a questão do Estreito de Ormuz, esta decisão afetará o mundo e não apenas o meu país. Parece-me que autoridades dos Emirados Árabes, que também controlavam parte deste Estreito, utilizam como alternativa um gasoduto terrestre que tem capacidade de transportar o equivalente a 70% da produção de seu petróleo.

– Ah! Então seu país não perdera tanto petróleo assim! – mencionou Mafalda, continuando: – Já que são sócios em várias empresas petrolíferas.

Kathy absorvia aquelas informações sem nunca ter pensado sobre aquilo e do quão perto estava em viver uma guerra, questionou seu pai.

– Tu disseste-nos que aqui estaríamos seguros! Explique-nos, papá.

Mafalda intervém:

– Claro que seria num destes *bunkers* que os Estados Unidos têm construído há tanto tempo, para a separação do joio e do trigo.

Bené continuou:

– Aqui mesmo Kathy, tem um escondido no subterrâneo do aeroporto de Denver, que é um dos maiores *bunkers* deste país, por mais bizarro que isto possa soar a seus ouvidos! Este aeroporto é repleto de simbologia ligada à maçonaria e aos nazis. Você mesmo pode constatar no Google Maps e verificar a sua forma de suástica! Além disso, internamente no aeroporto, em suas paredes, estão repletas de figuras e imagens desenhadas que contam uma história aterrorizante de eventos futuros.

Porém, nós, simples mortais, não teremos o direito de utilizá-lo caso seja necessário, porque apenas os donos do mundo poderão ocupá-lo.

– Se faz favor, pare! Como assim? O que estais a dizer-me? Que aqui no nosso aeroporto existe uma homenagem a algum tipo de holocausto que está por vir? Que tem um *bunker* abaixo dele? Que isto? Diga para ela, papá, que se existir de facto, será para toda a população!

Cliff ficou abismado com os conhecimentos daquelas mulheres.

- Pequenina, caso ocorra uma catástrofe, todo o governo tem que ter uma estratégia de solução, um plano de fuga para assegurar que continuem a liderar e tomar as providências necessárias para a defesa de seu país e população. Claro que a prioridade será sempre dos governantes!

- Papá, o que estais a dizer? Então a população que os coloca em seus cargos como representantes, não terão direito algum de proteção contra estas possíveis eventualidades? Isto que estais a dizer-me é um absurdo, uma grande asneira!

Ela aumentara o tom de sua voz, transtornada.

- Os governantes de um estado soberano tem o dever, *atenção*, o dever, em proporcionar a segurança e a integridade física de todo cidadão! Não estou a acreditar no que ouço.

Kathy ficou alterada com o que acabara de escutar e andando de um lado para o outro, perguntou:

- Tia e Bené. Há mais monumentos, que de facto, mencionam esta hipótese absurda de um holocausto?

Mafalda explicou:

- Sim, florzinha! Outro bem interessante também encontra-se aqui nos EUA. São as Pedras Guia da Geórgia, conhecidas como Stonehenge Americana[1]. É um monumento gigantesco, acredito que tenha quase 6 m de altura. Nas pedras estão gravadas dez frases em oito idiomas: árabe, chinês, espanhol, hebraico, hindi, inglês, russo e suaíli. No topo, estão gravadas pequenas mensagens em

---

1 Referência para visualização da imagem na Bibliografia.

línguas antigas, como o babilônio, grego clássico, sânscrito e em hieróglifos egípcios.

As frases escritas em oito línguas modernas é que são de assustar:

1. Manter a humanidade abaixo de 500.000.000 em um balanço constante com a natureza.
2. Controlar a reprodução de maneira sábia - aperfeiçoando as condições físicas e a diversidade.
3. Unir a humanidade com um novo idioma vigente.
4. Controlar a paixão, fé, tradição e todas as coisas com razão moderada.
5. Proteger povos e nações com leis e cortes justas.
6. Permitir que todas as nações regulem-se internamente, resolvendo disputas externas em uma corte mundial.
7. Evitar leis insignificantes e governantes desnecessários.
8. Balancear direitos pessoais com deveres sociais.
9. Valorizar a verdade, beleza e amor procurando a harmonia com o infinito.
10. Não ser um câncer na terra. Deixar espaço para a natureza. Deixar espaço para a natureza.

- Tia, jamais ouvira estas frases! Mas o que tu entendes destes dizeres?

Mafalda continua:

- Logo na primeira frase percebe-se um desprezo à vida humana. Esta parte parece referir-se à *eugenia* que fora utilizada diversas vezes na história como justificativa por determinados governos para discriminação, esterilização, genocídios como vimos no holocausto.

Na segunda, acredito que baseia-se na concepção, nas políticas da restrição de filhos, incentivo ao aborto, esterilização.

Na terceira, a criação de um novo idioma, que poderá ser um único idioma, religião, povo...

Na quarta, o controle do governo sobre seus sentimentos e sua fé. Claro que em nome de um bem comum.

Na quinta, favorece a países como este, os EUA, invadirem outros com a justificativa da democracia e de um bem maior.

Na sexta, sétima e oitava põe-nos a pensar em um único governo mundial e um único tribunal.

Na décima frase que cita "não ser um câncer na Terra", parece-me ligada à primeira frase em que tem que ser dizimada uma quantidade de pessoas da Terra, como se estivéssemos ocupando um espaço que pertence-nos. A seguir, a afirmação por duas vezes em deixar espaço para a natureza, deixa-me aflita por dar ênfase à desaparição de uma grande parte da sociedade.

- Quando foram escritas e por que tu sabes? - Kathy questionou.

Agora é a vez de Cliff falar:

- Existe uma lenda que este monumento fora construído em junho de 1979, por um senhor com o pseudônimo de R. C. Christian, que contratara a empresa de Elberton Granite Finishing para a realização de tal obra. Também é dito que estas iniciais deste senhor referem-se ao personagem mítico do século XVI Christian Rosenkreuz, da sociedade secreta Rosa Cruz.

Mafalda, querendo dar exemplo de outro absurdo, comenta:

– Florzinha, outro fato aterrorizante está nas instalações da FEMA, em Madison, Geórgia, que é a Agência Federal de Gerenciamento do Governo Americano, considerada a organização mais poderosa dos EUA.

Cliff começa a suar frio, pensando:

"Como estas mulheres descobriram os caixões[2]?"

Beneditta agora interage com a conversa.

– Esta poderosa e inescrupulosa organização tem uma infinidade de atribuições como suspender leis, controlar e capturar meios de comunicação e mídia, deter cidadãos sem julgamentos, confiscar propriedades, sistemas de geração de energia, dentre eles, o gás, petróleo, combustíveis, chegam até mesmo a suspender a Constituição do país.

Cliff intervém:

– Chega de trelas, isto já é demais! Estais a subjugar esta nação!

– Continue, por favor! O que esta organização está a fazer?

– Pois bem, Kathy, isto é assustador. Este governo, que o senador representa, encomendou 500 mil caixões Polyguard, que estão instalados naquele sítio.

– Que isto? Estás a afirmar que o nosso governo está a contar com estas mortes? – Cliff replica.

– Parece que a carapuça serviu, senador! Na Flor de Lis fizemos muito bem o nosso dever de casa. Deixe-me contar tudo porque ela precisa estar em posse de todo o conhecimento que nos fora negado. Continuando, flor. Esta tecnologia em que foram fabricados estes caixotes garante

---

2 Referência para visualização da imagem na Bibliografia.

a integridade deste produto por 100 anos, sendo altamente hermético, imune a impactos e impede a contaminação do meio. O detalhe é que em cada caixão pode-se colocar até quatro cadáveres.

– Tia e Bené, estes gajos estão a executar este plano das Pedras da Geórgia! Que absurdo! – indignou-se Kathy. Se dirigindo a Cliff indagou: – Papá, explique-me como um governo investiria em tamanho projeto se não acreditasse de fato que isto está para ocorrer?

– Ah, são histórias.

Enquanto isso, Bené subiu e pegou em seu dossiê cópias do assunto. Cliff ficou se justificando para a filha, enquanto Bené colocou as fotos em cima da mesa.

– Deus, tenha misericórdia!

Bené continua:

– Dizem que a encomenda chega a 250 milhões de unidades que foram transportadas para várias regiões do país.

– É pá, sim senhore! Eu realmente estava a viver no mundo da "Alice". Este mundo não é cor-de-rosa como imaginava! Andava adormecida como os zumbis. Em tão pouco tempo, percebi que o grande interesse das instituições, sociedades secretas é nomeadamente o domínio das pessoas e do mundo. Consigo perceber esta guerra da luz contra as trevas.

– Chega de assuntos tão sérios, sra. Tolotti, não gostavas de apreciar a Lança do Destino?

– Claro que sim, senador, será uma honra.

Chegando à cave, Beneditta, Mafalda e até a própria Kathy ficaram abismadas com tamanhos tesouros encontrados num só local. Era amplo, iluminado por tochas, o ar era excentricamente medieval, desde os móveis até os abajures.

Logo de chegada, na parede ao lado direito, podiam-se observar várias obras clássicas autênticas. Dando um toque surreal na entrada, encontrava-se "o Grito", de Van Gogh. No centro da sala, havia uma escultura de "Davi", feita por Michelangelo. Na lateral esquerda, "o Pensador", de Rodin e, no fundo da sala, havia o "Nascimento da Vênus", de Sandro Botticceli. Nesta obra, as três mulheres ficaram abismadas com o poder que o quadro emanava.

O senador tinha uma prateleira inteira de relíquias, dentre elas algumas esculturas das Vênus paleolíticas, o dente de São Matheus, unhas de São Lucas, lascas de madeira da Cruz, um fragmento do pedaço do Sudário de Turim, uma espada dos Cruzados, a espada de Joana D'Arc, o manto dos Templários, madeixas de Nossa Senhora, fragmentos de alguns manuscritos encontrados no Mar Morto e, num local mais elevado da prateleira, sua preciosa relíquia, a Lança do Destino.

Ao saírem da cave tão estimada do senador, voltaram para a sala e trocaram mais algumas palavras antes de irem dormir.

O senador estava literalmente impressionado com a cultura de Beneditta ficando surpreendido com sua cunhada. Este sentimento era uma conjugação de respeito e raiva. Pensava em como conseguiria que sua Kathy se livrasse da guarda daquelas mulheres poderosas resolvendo traçar um plano.

Capítulo 15

Março de 2023.

Faltam 126 dias.

Na madrugada, Cliff foi até sua cave, discou para alguns assistentes pessoais dos Bilderberg, que já trabalharam pessoalmente para ele e a seguir contatou seu amigo íntimo e diretor da sucursal da CIA em Milão, Robert Shelldon.

Pensando em voz alta:

"Agora posso estar tranquilo que estas gajas não irão atrapalhar-me mais e a pequenina estará diretamente sob minha influência."

Antes do amanhecer, deixou uma carta na bancada da cozinha.

Kathy levantou mais cedo, foi até o quarto do pai para acordá-lo. Percebendo que ele já tinha levantado da cama, imaginou que estava preparando o café da manhã. Desceu as escadas e se deparou com uma carta na bancada.

"Pequenina, tive que ausentar-me rapidamente para um encontro de trabalho. Deixo uma soma de dinheiro para que hoje possa divertir-se um pouco com suas queridas amigas. Deixe os assuntos sérios de lado e vão às compras e a passear em algum sítio que vos agrade! Com amor, Papá."

Kathy pegou o dinheiro lisonjeada com o carinho do pai! Resolveu acordar a tia e Bené para passearem pelas ruas, almoçarem fora, terem momentos de lazer. Realmente, desde que iniciou esta saga nunca mais se permitiu estar relaxada. Agradeceu o presente do pai e foi em direção ao quarto da tia e Bené.

– Tia, bom dia! Vamos, acorde! Despacha-te logo que hoje vamos passear um pouco.

– Bom dia, flor! Acordaste de bom humor! Vamos fazer o quê?

– Passear! Papá presenteou-nos com uma boa soma de dinheiro. Vamos às compras. Tu e Bené precisam de roupas mais modernas e teremos um dia agradável.

– Então, vamos acordar Bené e vamos a isto.

Tomaram rapidamente um café forte e saíram ansiosas para seu dia de lazer.

Kathy as levou diretamente para 16th Street Mall, que é considerada a zona comercial mais famosa da cidade. Com sua rua de pedestre estendida por uns dois quilômetros, repletas de lojas, shoppings, restaurantes e muitas butiques específicas do local.

Fez questão de iniciar o passeio nas butiques. Comprou um novo guarda roupa para a tia e Bené, que ficaram muito entusiasmadas com tanta diversidade. Afinal de contas, na época em que eram freiras não tinham nenhum contato com este mundo. Sentiram-se jovens e pela primeira vez na vida o bem estar de estarem arrumadas.

– Kathy, querida. Leve-nos para um ambiente mais simples e aconchegante, onde possamos ver frutas, verduras! Como nos mercados da Itália e Portugal – sugeriu Bené.

– Já que estamos no sábado, podemos ir a Mile High Flea Market, que é excelente em vendas ao ar livre e tu verás estas verduras que sentes tanta falta, Bené! Com uma tradição de 20 anos, este mercado ocupa mais de 30 hectares ao norte do centro e oferece uma média de 1500 variedades de compras, além de opções gastronômicas.

Depois de exaustas por caminharem naquele circuito frenéticos de lojas, pararam cheias de bolsas num restaurantezinho para saciar seus apetites. Estavam felizes, divertindo-se com assuntos de toda a espécie, além de comerem até sentirem-se saciadas. Até que o jornal da TV chama a atenção delas.

A CNN estava anunciando com toda a pompa uma notícia de urgência:

"Investigações reveladores, provenientes do diretor da sucursal da CIA de Milão, sr. Robert Shelldon, corroboram com provas circunstanciais para o caso do assassinato do último papa, o Pedro. Segundo fontes da CIA tudo indica que membros da Sociedade Flor de Lis estejam envolvidas no ocorrido."

Kathy, Mafalda e Bené, pararam tudo naquele momento sentindo um profundo arrepio.

O jornal continua com a mensagem:

"Dentre as principais representantes desta sociedade, estão..."

E a seguir aparecem as fotografias de Mafalda e Bené na TV.

"Caso saibam do paradeiro destas senhoras, favor entrar em contato com a polícia local."

Assustadas e sem reação, ficaram observando suas imagens na tela.

Kathy se pronuncia em voz alta:

– Que absurdo é este?

Mafalda surpreendida, porém ágil, pegou a mão da sobrinha falando em voz baixa.

– Quieta, flor. Não afirmaram nada acerca de nós, mas não chamemos a atenção! Não sei ainda o que está por acontecer, porém temos que nos esconder.

Beneditta e Mafalda pegaram as sacolas de compras, um chapéu e um lenço que ganharam e vagarosamente colocam em suas cabeças. Como ainda era o fim da tarde, vestiram seus óculos de sol e resolvem ir para um sítio com menos pessoas circulando. Pagaram a conta, caminhando pelas ruas até que Kathy percebera dois homens vestidos de preto espreitando-as de longe, ficando apavorada.

– Tia e Bené, tem dois homens de preto atrás de nós. Acho bom andarmos mais rapidamente.

Beneditta falou:

– Kathy, tu não foste divulgada. Entre numa loja de perucas enquanto nos desviamos nas lojas da frente. Trocaremos esta camisola e daqui a cinco minutos nos encontraremos atrás de um daqueles brinquedos eletrônicos para miúdos, ok?

Kathy comprou as perucas e foi ao encontro de ambas, que se vestem rapidamente, caminhando entre as pessoas como se nada tivesse acontecido. Saíram do mercado, entraram na BMW de Kathy estacionada bem próximo.

Ao saírem de lá, ficaram exaltadas com o absurdo da notícia e na mesma hora, o telemóvel de Kathy tocou, anunciando seu pai.

Ela atende, falando.

- Papá, viste que loucura nos telejornais?

- Sim e por isto telefono-te. Vá direto para a casa que já chego para resolvermos isto!

Entraram em casa e ficaram conversando sobre o ocorrido.

- Algo está por trás disso - mencionou Mafalda.

- De certeza que sim, mas por que estão incriminando-as? - perguntou Kathy.

- Meninas, é claro que tentarão incriminar alguém pela morte do papa. Afinal tem que existir um bode expiatório. Mas calma, que não disseram que fomos nós! Divulgaram nossas fotos como representantes da irmandade!

A seguir, Cliff entrou em casa afoito.

- Pequenina, estais bem! - E a abraça, continuando: - Mafalda, Bené o que passa? O que houve?

- Estamos tão surpreendidas como tu, cunhado. É claro que é uma conspiração para incriminar-nos e dissolverem a imagem da sociedade depois daquele movimento.

Enquanto isso, várias irmãs da Flor de Lis estavam falando no telefone com Beneditta e ela mencionou:

– Todas as irmãs foram ter com as outras que estão em Aljustrel. Ainda bem que nosso movimento é forte e várias mulheres que nos apoiam estarão a ajudar-nos.

Cliff argumentou:

– Mafalda e Bené, façamos o seguinte. Eu sedo o jato para que vocês possam sair daqui o mais rápido possível e estar com elas. Kathy, tu não deves ir ter com elas por agora. Qualquer associação para ti será perigosa!

– Tens razão, senador. É melhor que Kathy fique contigo neste momento. Agradeço a tua sugestão do jato – Beneditta afirma.

Kathy, preocupada com elas, comenta:

– Claro que não! Irei aonde vocês forem afinal, sou um membro da Flor de Lis.

– Pequenina, as leis da Itália são intolerantes. Quando apreendem criminosos, praticam até hoje atos de tortura e não quero sequer pensar que podes passar por isto! Ficas por cá e continuaremos a estudar o manuscrito. Assim que a poeira baixar irás ter com a sociedade.

Todos concordaram e o senador mandou Fernandes preparar o jato para levar Mafalda e Bené. Elas despediram-se rapidamente e levantaram voo.

Naquela noite, Kathy teve pesadelos horríveis assustada com tamanha crueldade do mundo ao qual pertencia.

Cliff, por sua vez, foi direto para sua cave, festejar os acontecimentos perfeitos e sincronizados que realizou através de seu plano, pensando:

"Agora a Kathy estará sob minha total influência. Poderemos, juntos, trabalhar neste ritual."

Mafalda e Bené chegaram a Aljustrel e foram recebidas pela sociedade, ficando escondidas numa casa da família de Maria de Jesus, a descendente de Lúcia.

Passaram-se várias semanas em que Kathy e o pai estudavam o manuscrito. Cliff esclarecia acerca das figuras das naves, que pareciam os Vimanas. Além de em toda a conversa dar ênfase no ritual que deveria ser cumprido, bem como onde acreditava que deveria ser feito e como fazê-lo.

Ela surpreendia-se com os conhecimentos do pai, porém, desde a partida das mulheres tão queridas, ficou com um buraco em seu coração triste e deprimido.

Capítulo 16

Faltam 95 dias.

Era uma manhã de abril e estavam os dois, Cliff e Kathy, em casa conversando sobre arqueologia, até que o telefone de Cliff tocou.

– Sim. Hoje mesmo, sr. secretário.

Ao desligá-lo, avisou à Kathy que o secretário de defesa, Leon Ashton, solicitou sua presença no Capitólio com urgência.

– Pequenina, parece ser um assunto sério. Mas assim que tiver notícias telefono-te o mais breve possível. Despediu-se e foi para sua missão.

Cliff sabia o que se passava, aguardava ansioso por aquele telefonema. Chegara ao Capitólio e estavam todos os representantes daquele país reunidos junto ao Presidente.

Kathy, naquela noite, sentia uma tremenda saudade das suas irmãs da sociedade. Desde a partida de suas queridas, sentia-se sem forças de uma maneira assustadora, parecia que amputaram um membro de seu corpo. Sentido-se só, percebeu a falta de seus estudos e resolveu descer até à cave do pai, que, com certeza, teria coisas interessantes para se ocupar.

Assim que entrou já se sentiu confortável, mergulhando direto nos manuscritos. Absorta naquele ambiente medieval, que tanto estava familiarizada, lia os pergaminhos, pegava as relíquias e sentia-se novamente viva.

Até que, de repente, viu o telefone privado de seu pai com uma luz piscando, o que parecia ser uma mensagem não lida. Curiosa, tocou no botão para ouvi-la, surgindo uma voz:

"Senador, temos que dar um desfecho na operação da Vinci. Aguardo novas diretrizes. Robert Shelldon."

Pensou em dar o recado para o pai, voltou para o que estava fazendo, mas aquele nome ficou martelando em sua cabeça.

"De onde conheço este senhor?"

Até que a lembrança lhe vem na mente como uma bigorna.

"Deus meu! É o diretor da CIA! Operação da Vinci? Flor de Lis!" E cai sentada na cadeira.

Ficou mergulhada no sofá juntando os caquinhos deste momento em sua vida. Pensou na descoberta do pergaminho, o pai em sociedade secreta, as atitudes dele e a ligação com este senhor que através dos jornais acusou a Flor de Lis. Questionava-se agora em voz alta.

– Por que, papá, *por quê*?

Enlouquecida com esta suposição, começou a caçar vestígios que corroborassem com seus pensamentos. Revirou tudo a baixo, até que foi na escrivaninha do pai e nada encontrou.

Andando de um lado para o outro, pensou:

"Aqui é o local em que ele se refugia. Será aqui, então, que encontrarei tudo."

Revirou todos os achados, estátuas, tapetes, manuscritos e fora em direção às estantes dos livros, retirando um a um, até puxar o "Liber AL vel Legis". O livro da Lei escrito pelo ídolo de seu pai, Aleister Crowley.

Exatamente naquele momento abriu-se uma passagem secreta.

Kathy ficou alarmada com esta façanha. A sala não era muito grande, não havia nada nas paredes, apenas uma escrivaninha e vários arquivos, puxando um por um e lendo o que tinha em suas mãos, percebeu que se tratava da sociedade secreta que o pai fazia parte, que agora finalmente saberia qual era:

O Clube Bilderberg e a Nova Ordem Mundial.

Virou a noite entendendo a legenda da Nova Ordem e os planos desta sociedade para a Terceira Guerra.

Enojada com tamanhos absurdos, pretensões, conspirações, caminhou até a escrivaninha e viu o diário de seu pai em cima da mesa.

A página que estava aberta iniciava sob o pseudônimo de Operação da Vinci e nela era mencionado o nome de Mafalda e Beneditta, além de todos os passos da conspiração criada sobre a morte do papa Pedro e queda da Flor de Lis.

O dia já amanhecera. Kathy chorava copiosamente, percebendo desiludida o monstro em que seu pai se transformou.

Resoluta, saiu correndo daquela sala de horrores, deixando tudo como estava, desordenadamente. Arrumou seus sacos e foi direto para o aeroporto com destino a Aljustrel, Portugal.

O senador resolveu discar para sua casa em Denver, esperando que sua pequenina atendesse, mas nada aconteceu. A seguir, ligou para o seu celular e ela também não atendeu. Habituado a conseguir tudo na hora que queria, sentiu-se frustrado, além de sua intuição lhe dizer que algo estava errado.

Ainda teria que permanecer por um tempo no Capitólio, porém resolveu sair de fininho. Iria para casa conversar com Kathy. Depois de tudo estar bem, e antes que percebessem sua ausência, estaria de volta para os acertos finais sobre a guerra.

Resolveu algumas coisas e pegou seu jato.

Chegando a casa, ficou chamando-a pelo nome e ninguém respondia. Resolveu então ir direto para sua cave, encontrando-a com a porta escancarada, com a sala toda remexida, com sua câmara secreta aberta.

Com o coração pulando em seu peito, entrou correndo e viu todos os documentos que Kathy lera, bem como seu diário aberto.

"Ena pá, ela descobrira tudo! Todos os planos dos Bilderberg, além da conspiração contra a Flor de Lis!"

Tentou telefonar várias vezes, deixando mensagens.

"Pequenina, precisamos conversar. Peço que tenhas calma, as coisas não são como tu pensas! Preciso de ti! Entre em contacto... Amo-te... Papá."

Pensou em como poderia reverter aquela situação, mas por agora não haveria tempo. Era urgente seu retorno ao Capitólio.

Capítulo 17

Faltam 91 dias.

Chegando a Aljustrel, Kathy foi recebida com amor por todas as irmãs da Flor de Lis que estavam concentradas em Portugal desde o suposto envolvimento do assassinato do Papa Pedro.

– Bem-vinda, escolhida! Saudavam as irmãs, felizes pela sua chegada!

Kathy estava deprimida devido às descobertas referentes ao mundo em que vivia e por perceber que seu pai, no fim das contas, se revelara um trabalhador da escuridão. Trevas estas, que ela deveria combater!

À flor da pele como estava, jamais imaginou ser acolhida com tamanho carinho, ficando emocionada com a recepção, abraçada por todos os lados por aquelas mulheres tão iluminadas!

- Flor! - gritaram Mafalda e Bené que vinham em sua direção.

- Quantas saudades sentimos de ti. Estais bem?

Observaram os olhos tristes de Kathy.

Ela desaba na frente das duas. Mafalda rapidamente a envolve e a retira do meio do alvoroço.

- Então, o que tens? Que houve? O que Cliff fizera? - Ela que já tivera premonições acerca dele, sabia que algo acontecera.

É a vez dela desabafar.

- Tia e Bené, vocês não tem a mínima ideia de quem de facto é o papa! - E continua a chorar cântaros.

Beneditta foi pegar um copo com água e pede licença para deixá-la com sua tia mais à vontade. Kathy pegou sua mão dizendo.

- Por favor, preciso de ti Bené. És bué importante para mim!

As duas ficaram esperando que ela se acalmasse.

Kathy disse:

- Tenho tantas vergonhas do que vou vos falar, mas fora o pai que armara toda aquela situação para vocês!

- O que estais a dizer, flor?

- Aquela acusação que o diretor da CIA mencionara na televisão! O pai é que estava por trás disto!

- Como descobriste? - mencionou Bené.

- Alguns dias após a vossa volta para cá, estava bué triste e resolvi estar um pouco na cave do pai, para animar-me novamente. Até que vi um recado deixado em seu telefone privativo que ficara na cave. E quem estava na mensagem? O mesmo nome do diretor da CIA. Então, cheia de suspeitas, fui atrás de facto de uma prova. Procurei por toda a parte vestígios, até encontrar uma câmara secreta com documentos que não gosto nem de lembrar-me, além do diário particular dele que constava a conspiração para incriminá-las!

- Sabia que ele estava a aprontar! - disse Mafalda.

- Tu desconfiaste de algo tia, por que não falou-me?

- Não, minha flor, não referia-me a esta acusação. Tive maus pressentimentos em relação ao teu manuscrito. Senti-me gelar com suas maneiras! Mas não tinha provas nenhumas!

- Pois! Sobre isto também percebo que ele tem más intenções!

- Descobriste mais coisas, afinal? - indagou Bené.

- Vocês não têm ideia do que o pai faz parte! Lembras da guerra entre luz e trevas? Pois ele está a trabalhar no lado de lá!

- Calma, Kathy. Conte-nos tudo!

- Bené, sei que tu sabes como a tia acerca destas sociedades secretas. O pai pertence ao Clube Bilderberg.

E Mafalda falou:

- Ele e vários dos poderosos, flor!

- Pois. Mas e a tal da Nova Ordem Mundial? Conhecem esta?

- Sim, querida - afirmou Bené.

- Todas as sociedades secretas nos seus mais altos escalões, unem-se com objetivos muito comuns, com desejo de implantar um único governo.

- Mas eles querem dominar o mundo? Isto é fascismo! E o pior é que os planos que traçaram estão a acontecer, como esta guerra que está a começar. Eu vi, com meus próprios olhos, seus planos! São absurdos! Mas se a tia teve a percepção que ele queria o pergaminho... Será que isto era para ajudá-los nesta tal Ordem?

Mafalda esclareceu:

– A leitura que faço é que ele não compartilharia estes conhecimentos com ordem secreta alguma, muito presunçoso e arrogante como é! Desculpe, flor! Mas é assim que o vejo!

– Ok, podes falar, porque a máscara do pai caiu para mim! Por favor, continue.

– Penso que já que Cliff faz parte desta ordem, o intuito dele seria de ser o detentor de todo o poder. Lembras, filha, que ele sempre quisera chegar à presidência? Então, por que haveria de mudar os planos?

– Acho que tens razão, tia. Como não percebi que o pai era tão do mal?

– Tu não convivias com ele já algum tempo, querida! Não te pressiones assim! – falou Bené.

– Mas como poderemos reverter este quadro da acusação contra vocês? E qual seria a intenção dele ao criá-la?

Beneditta andava no quarto, dizendo:

– Acredito que o senador queria que saíssemos de perto. Assim ele poderia ter mais influência sobre ti. Já sabemos que tu terás que fazer este rito de passagem para uma nova era. És uma figura importante para estes novos tempos! Como tu estarias com ele, ficaria mais fácil ascender ao poder e ao cargo que tanto deseja.

Todas pensaram no que Beneditta acabara de falar.

– É verdade, Bené, tens razão!

Kathy estava tão magoada por perceber as razões de seu pai, mas uma força nova surgiu dentro dela. Levantou-se da cadeira e disse:

– Pensemos no presente! Vamos desmantelar esta teia negra! Comecemos por esta tal acusação contra vocês.

– Flor, sobre isto já traçamos um plano e hoje mesmo mostraremos a verdade – Beneditta explicou.

– O que tu estas a dizer? O que irão fazer?

– Sabes Fiona? – Mafalda disse.

– Sim. Que fora uma das laicas de Pedro, Papa?

– Exatamente. Fomos acusadas através da mídia, correto?

– Pois Bené, explique-me, conte-me!

Kathy estava ansiosa e sentia muito prazer na justiça sendo feita.

Beneditta explica a solução encontrada para combater a acusação que receberam.

– Resolvemos então, colocar em pratos limpos esta situação através do mesmo meio de comunicação. Fiona contatou uma jornalista que ficou encantada com os conhecimentos usurpados que a Flor de Lis revelou. Esta é uma das repórteres que sempre estava a nos entrevistar. Pois bem, chamou-a para esta exclusiva.

– Bené, estas a deixar-me nervosa! Afinal o que vocês divulgarão para acabar com isto?

Mafalda rindo encostou a mão em seu ombro, disse-lhe:

– Flor, falaremos a verdade dos fatos. Pedro morrera envenenado após a realização do brinde que iniciaria o almoço em sua casa de verão, Francesco que era seu secretário particular, tocara no corpo do papa a seguir, verificando sua morte. Ele era um membro da família pontífice, assim como Fiona, Viviane, Marcella e Secilia, que receberam o corpo assim que ele chegara no Vaticano.

Kahy perguntou:

- É pá, estas mortes esquisitas devem ocorrer demasiado na história do Vaticano?

- Pois! - continuou Bené. - Como fora o caso do Papa Gregório V, João VIII, Adriano III, Clemente II, Bento XI, Alexandre VI o Borja, Papa João Paulo I, que teve sua morte após 33 dias da eleição papal, levantando a possibilidade de envenenamento e agora o Pedro.

Mafalda continuou com a história.

- Nós estávamos na praça de São Pedro e temos muitas testemunhas. Esses são os fatos verdadeiros, com estes álibis não se tem o que contestar!

Enquanto elas conversavam, chegou Sara Abbas, a jornalista que faria a reportagem em primeira mão, com as representantes da Flor de Lis.

Sara sentia-se afortunada por participar daquela exclusiva e sabia que suas ascendentes estariam juntas dela naquela missão.

A avó de Sara, Warda Abbas, participou da União Geral das Mulheres Palestinas.

Este movimento nacional foi crucial para as mulheres palestinas, tendo como objetivo a criação de um estado-nação, no sentido moderno e político do termo, uma cidadania homogênea, rompendo com a velha organização clânica.

Warda tornou-se militante juntamente com Leila Khaled, em 1965, na União Geral das Mulheres Palestinas. Participaram juntas de treinamento militar na Jordânia, conclamando as mulheres a se comportarem "como mulheres adultas, não como as auxiliares dos maridos ou servas dos parentes".

Eram mulheres independentes, mas com fortes laços com a família. Seus pais forneceram toda a formação necessária para que pensassem por si próprias. A mãe de Sara e filha de Warda, Zarifa Abbas, fora criada neste ambiente, passando para a filha toda a história da luta pelos direitos das mulheres.

Sara, enquanto pequenina, viveu muito o preconceito e exclusão social em seu país de origem. Assim que seu pai morrera, tiveram a oportunidade de ir junto com Zarifa, sua mãe, residir na Itália.

Descobriu, desde cedo, que sua missão seria a de encorajar e dar visibilidade às mulheres que sofreram como as suas ascendentes e membros da sua sociedade, uma cultura tão machista.

Depois que teve a oportunidade na Itália de entrevistar a Sociedade Flor de Lis, ficara fã e adepta do movimento, esperando toda a oportunidade que tinha para divulgá-las.

Não acreditou quando Fiona telefonou prometendo uma exclusiva com suas representantes. Honrada com o convite, percebeu que estava cumprindo a sua missão em dar voz ao testemunho daquelas santas mulheres.

Sara iniciou a entrevista com Francesco, a seguir Fiona, Viviane e Marcella. Todos afirmaram na íntegra que Pedro morreu no almoço de sua casa de verão, sem nenhuma acusação de um possível envenenamento, já que isto deveria ser definido pelas autoridades policiais.

Depois disso, entrevistaria Beneditta, a líder da sociedade.

E em cadeia mundial, apareceram Mafalda e Katherine, ao lado de Beneditta, que seria a entrevistada.

- Senhora Beneditta Tolotti, representante da Flor de Lis. Por que a CIA, junto com a Polícia da Itália, chegaram a indagar a possibilidade de que vocês da Sociedade Flor de Lis seriam as suspeitas da morte do Papa, sem averiguarem a fundo os fatos?

- Sara, minha querida, mexemos muito com a sociedade e com pessoas de poder, desestruturamos pilares nos quais a nossa sociedade fora forjada. O mundo que conhecemos, se desenvolvera através de muitos encobrimentos de fatos, para que o poder ficasse apenas com alguns. E o poder é de todos! Fomos subjugados desde o início dos tempos e não falo só pelas mulheres, mas por todo cidadão comum.

Muitas transformações já estão ocorrendo em nosso mundo, mas como é distante de nós, achamos que não nos pertence. Enquanto a sociedade viver ignorando o próximo, o inimigo continua a vencer.

- Que inimigo é este, Beneditta? A senhora pode explicar-nos melhor?

- O inimigo, começa por você mesma, por mim e por todos nós, quando deixamos a separatividade existir. Quando excluímos determinadas pessoas, achando-nos superiores a algo ou alguém. Assim, entramos no jogo do poder sentindo-nos superiores. Somente nossa vida tem valor. A vida de todos nós tem a mesma importância, porque todos nós somos um só, com Deus.

Beneditta percebendo que se encontrava em "estado de graça", sentiu a brisa beijar seu rosto, como um presente dos céus, continuando a responder.

– Outra situação em que a separatividade ocorre é quando nossos pensamentos e intenções são negativos. Temos o bem e o mal dentro de nós. Se optarmos por pensamentos ruins, o inimigo toma conta do seu interior, ocorrendo também a separação da *unidade de Deus*.

O Mestre Jesus nos ensinou isto ao falar "orai e vigiai". Isto se refere a seus pensamentos, para que não ocorra esta separação. Tanto os pensamentos, quanto as palavras e as ações devem estar alinhadas, assim vibraremos na luz e aumentaremos nossas frequências.

Quando tivermos consciência desta unidade, não existirá desigualdade, medo, angústia, dor, e o inimigo perde forças. Muitas mudanças estão ocorrendo em nosso mundo!

– A senhora está a se referir a esta nova guerra que está a se formar?

– Sara, querida! Esta guerra é um reflexo da separatividade em que os poderosos do mundo fazem jogos de marionetes e os bonecos somos nós. Mas perceba que isto é apenas a ponta do *iceberg*. Muitas transformações estão para ocorrer com a nossa Mãe Terra. É chegado o momento de todos nós, trabalhadores da luz, acordarmos para o que temos que combater. Por isso, aproveito o momento para tocar em cada coração com estas palavras, como um pedido de urgência!

Beneditta, neste momento, percebeu um aglomerado de pessoas na praça atentas e curiosas a tudo que ela dizia. Sentia a força do sacerdócio em suas palavras.

– Sra. Beneditta, acredito que os expectadores estão preocupados com suas afirmações.

– Filha, observe os sinais dos tempos, leia as profecias, tudo está a acontecer. Por isso, enfatizo e rogo ao templo coração de cada irmão para juntarem-se a nós nestes tempos de transição. Lembrem-se: somos um só e estamos todos juntos.

– Obrigada, sra. Beneditta Tolotti. Mostraremos agora, para que não reste sombras de dúvidas acerca do testemunho desta senhora, a nossa entrevista com ela na Praça de Pedro, no dia fatídico da morte do Papa.

Sara insere a entrevista com a data e hora. Terminado o vídeo ela agradece:

– Obrigada à toda a Sociedade Flor de Lis e especialmente à sra. Tolotti pela oportunidade da entrevista. Sara Abbas, da RAI, direto de Aljustrel, Portugal, para o mundo.

Ao final da entrevista, todos se juntaram na praça festejando a oportunidade de um dia em paz e harmonia.

Capítulo 18

Brasil, Alto Paraíso de Goiás –
Chapada dos Veadeiros.

Rodrigo Doche está sentado tomando seu chope num barzinho na vila de São Jorge. Assiste, feliz, na TV de 14 polegadas, a entrevista daquelas santas mulheres. Aguardava aquele momento há alguns meses, desde que recebeu a última canalização da mestra Kuan Yin, um ser de Luz que pertence à Grande Fraternidade Branca Universal.

Doche mudou sua vida totalmente desde que os Mestres de Luz começaram a fazer contato com ele. Morava anteriormente, em Brasília, mas desde 2012, resolveu abandonar sua vida pregressa como economista e viver literalmente no paraíso. Afinal, aquele local era crucial para os novos acontecimentos. Comprara um terreno do lado da

Pedra da Baleia, próximo ao Jardim Matreya, para dedicar-se integralmente à sua vida espiritual.

Aguardava ansioso para saber acerca do paradeiro daquelas guerreiras e esta entrevista fora o sinal da indicação de onde deveria procurá-las.

Saiu imediatamente do barzinho e foi até sua casa escrever a carta para contatá-las. O tempo era curto e tinham muito a fazer.

CAPITÓLIO.

Cliff assiste à entrevista descobrindo onde sua Kathy estava. Sabia que sua conspiração terminara e, pior que isso, sua pequenina estava mais do que nunca sob a influência daquelas mulheres. Agora seria complicado prosseguir com seus planos. Mas detentor do poder que tinha, daria um jeito, de uma maneira ou outra, para conseguir a sua submissão. Veria isto com mais calma por outra hora. Por agora, assuntos cruciais estavam em jogo.

Experimentos realizados no laboratório nuclear de Teerã preocupavam a Agência Internacional de Energia Atômica (AIEA), além de toda a comunidade internacional, que se via envolvida numa escala de tensão pelo poder e pelos recursos naturais daquela região, principalmente depois do fechamento do Estreito de Ormuz, caracterizando-se um palco de luta dando início à Terceira Guerra Mundial.

Autoridades iranianas informaram que o vírus de computador *stuxnet* fora detectado dentro dos sistemas de controle de Kharg Island, que lida com a grande maioria das exportações de petróleo do Irã.

Os ataques cibernéticos são direcionados às redes de comunicação em plataformas iranianas de petróleo e de gás. Segundo um comandante de elite da Guarda Revolucionária do Irã o país estaria preparado para defender-se em caso de uma "guerra cibernética" e seus terminais de telefonia permaneciam operacionais.

Em direção à costa do Irã, surge um grupo de navios norte-americanos, armados de 430 mísseis de cruzeiro Tomahawk de 1.600 km de longo alcance. Paralelamente a isso, desloca-se no Golfo Pérsico um grupo de ataque liderado pelo porta-aviões Enterprise, que possui 130 mísseis de cruzeiro a bordo, além de quatro varre-minas, junto ao navio anfíbio USS Ponce, preparado para servir como base temporária para uma avançada de forças especiais, helicópteros e lanchas de patrulha.

No norte do mar Arábico, avança outro grupo de ataque chefiado pelo porta-aviões Abraham Lincoln que possui o mesmo número de Tomahawk disponíveis. Na mesma região, encontram-se navegando submarinos americanos nucleares, com 154 mísseis de cruzeiro Tomahawk, além de submarinos israelenses equipados com quatro tubos lança-torpedos de 650 mm em cada e mais oito barcos contra minas, entre outras medidas militares.

No contorno da Península Arábica, aparecem vários caças F-15I e F-16I israelitas armados com bombas guiadas, aeronaves-tanque e bombas GBU-28 "*bunker buster*" capazes de destruir instalações subterrâneas do Irã. Fora vários drones americanos (sistemas aéreos não tripulados).

Às 9h da manhã do dia 3 de maio de 2023, inicia-se o terror pelo ar, mar e terra contra o Irã.

Com a criação de uma guerra assimétrica, ansiosos para enviar Israel, seu país vizinho, ao lixo da história, além de lutar contra os estadunidenses que consideram o câncer na Terra, o Irã contra-ataca com toda a energia armazenada para sua defesa nesta guerra.

Unido a aliados como grupos Hezbollah e o Hamas, que possuem mais de 10 mil lançadores de foguetes no sul do Líbano, os Katyushas, Fahr, Fajr-5, Zelzal-2, Fath 110 e Scud-D, respondem diretamente para Israel.

Além de forças navais deslocarem-se por todo o mar territorial com cerca 26 submarinos, 4 fragatas, 3 corvetas, 24 embarcações de patrulha com mísseis, 7 navios lança-minas, o Irã contra-ataca, lançando ao ar vários aviões de combate.

A guerra está iniciada e por todos os cantos daquela região ouve-se apenas o soar da morte espalhada.

Capítulo 19

PORTUGAL, ALJUSTREL.

Faltam 46 dias.

A Sociedade Flor de Lis permanece com sua sede em Aljustrel aumentando o número de adeptos que vinham de todas as partes do mundo, principalmente depois que a guerra se iniciou. As pessoas buscavam fé e forças para aqueles novos tempos, receosos de quando seria utilizado armamento nuclear.

Quase toda a comunidade encontrava-se entre os olivais, iniciando um ritual apelando à Mãe Terra misericórdia para os povos.

Fiona é encarregada de estar na sede para receber mais pessoas que chegavam diariamente com o intuito de agregar-se ao movimento.

Até que chegou uma carta, em caráter de urgência, endereçada à Beneditta, Katherine e Mafalda.

Fiona, a fiel escudeira, sai imediatamente das instalações para entregá-la.

- Bené, chegou esta carta em caráter de urgência.

A líder espera a reunião acabar, puxa Kathy e Mafalda que vão ler a carta:

"Caríssimas irmãs de alma, escrevo-lhes porque assim foi me solicitado através de canalizações de mestres de Luz.

Há alguns anos que mantenho contato com seres das mais altas vibrações que me relataram que Katherine Stuarty encontraria o Quarto Segredo de Fátima. Sei que vocês não sabem ainda decifrar na totalidade o que está mencionado neste pergaminho, e que outra pessoa apareceria para encaminhá-las na continuidade desta missão. Estas informações foram ditas para mim de como poderia orientá-las para fazermos este ritual.

É preciso, com muita urgência, a vinda de Beneditta, Katherine, a escolhida, Mafalda e Maria de Jesus (a sobrinha e descendente da irmã Lúcia), para que me encontrem, pessoalmente, em Alto Paraíso de Goiás, aqui no Brasil.

É chegada a hora. Não temos tempo para esperar.

Não posso dizer mais nada por carta, porque o teor da revelação final é muito perigoso e não podemos correr riscos de cair em mãos inimigas.

Assim que chegarem, saberão toda a informação necessária.

Aguardo vocês, do vosso servo e irmão.

Rodrigo Doche."

As mulheres ficaram impressionadas com o teor daquela carta, afinal pouquíssimas pessoas tinham conhecimento daquela situação! Mas sabiam que os desígnios do Senhor são apresentados através de vários caminhos. Sentem no fundo de seu coração que este senhor, Doche, é um instrumento do Deus, Pai, Mãe, Filho e fonte de toda a vida para os futuros acontecimentos. Assim iniciam os preparativos para sua ida ao Brasil.

Capítulo 20

Brasília, Capital do Brasil.

Faltam 42 dias.

Na manhã de domingo, o aeroporto internacional de Brasília está calmo e sem muitas agitações. Kathy, Mafalda, Beneditta e Maria de Jesus estão felizes por fazerem uma viagem em harmonia.

Assim que chegam ao aeroporto, Kathy vê um homem sentado, que assim que a observa sorri, se levanta e vai em sua direção. Dá-lhe um abraço e diz:

– Seja bem-vinda, escolhida.

As mulheres olham-se achando aquele encontro inusitado, se perguntando se por acaso aquele não era o senhor Doche. Mas sabiam que o encontro fora marcado em Alto Paraíso.

Kathy está impressionada com aquele contato, apenas recebe o abraço, e fica admirada com a paz que emanava daquele ser alto, de olhos bem azuis. Quando foi abrir a boca para agradecer, ele entrega a ela um presente, dizendo:

- Isto fará com que você e suas amigas conheçam um pouco deste local tão especial para nós.

Kathy não consegue nem agradecer. Está literalmente hipnotizada e tudo que quer é olhar para aquele santo homem!

As mulheres agradecem e pegam o pacote, curiosas. Kathy vira os olhos em direção às suas irmãs e quando todas se voltam para falar com aquele senhor, ele simplesmente evaporou da frente delas.

- Que isto? - Kathy pergunta a elas. - Quem é este? Entendem o que houve?

- Não sei, flor. Estamos tão abismadas quanto tu. Mas gostei de nossa recepção.

Elas riem e vão em direção ao Toyota que alugaram para chegar ao seu destino. Marcaram o GPS para direcioná-las até Alto Paraíso de Goiás.

Kathy, absorta com que aconteceu, abre o presente e vê um livro à sua frente intitulado "O Segredo do Paraíso".

Aproveitando que estavam na caminhonete e encantada com o encontro, Kathy faz a leitura da contracapa.

- É pá, parece-me que este livro fora escrito em 2006, porém fora encontrado com 10 anos de antecipação, ou seja, em 1996.

- Isto é de loucos! Despacha-te que queremos ouvir o que há neste livro - disse Mafalda.

Maria de Jesus pega o livro das mãos de Kathy afirmando.

- É o que está a contar no início, mas continuas tu a lê-lo já que aquele misterioso homem o entregaste a ti. Mas o que ele falou-lhe? Estávamos a conversar e não percebi o teor da conversa.

- Ele disse-me que através deste presente perceberíamos porque o local é tão especial... e ele disse-me... especial para nós.

- Nós quem? - indagou Maria de Jesus.

- É pá, não sei quem ele era, mas quem sabe com o teor do livro não perceberemos mais - falou Beneditta.

- Ok, vamos a isto. E começa a narrativa.

"Existe no Brasil uma cidade muito pequena, situada no alto da Chapada dos Veadeiros, em pleno Cerrado do Planalto Central do País.

O cerrado dessa região é um pouco diferente, porque é um cerrado de altitude, que chega a alcançar quase 1.700 metros acima do nível do mar.

Pois é. Aqui em cima fica esta cidade pequenininha chamada Alto Paraíso. Você, que está começando agora a ler este livro, já deve ter compreendido a razão da primeira parte do nome da nossa cidade: 'Alto'. Quando acabar de ler o livro você compreenderá a razão da segunda parte do nome: 'Paraíso'.

A cidade de Alto Paraíso guarda um segredo profundo. Um segredo tão poderoso que quem conhecê-lo poderá Ter as sete coisas que, no fundo no fundo, todo ser humano sempre quis: garantir sobrevivência e conquistar saúde equilibrada, dinheiro suficiente para viver bem, trabalho compensador, relacionamentos gratificantes, espiritualidade plena e realização pessoal.

Diz-se, algures, que este 'segredo do paraíso' é tão simples que quase ninguém descobre. Nem os habitantes e os visitantes de Alto Paraíso conhecem o segredo por inteiro. Porque ele só vai se revelar plenamente no futuro. Quer dizer, na medida em que as pessoas que moram aqui em Alto Paraíso, ou que vieram para cá, saírem do passado e fizerem uma viagem de ida e volta ao futuro. Em outras palavras, na medida em que as pessoas passarem pelo futuro para chegar no presente, conseguindo assim se libertar do passado.

Algumas pessoas que moram ou trabalham em Alto Paraíso já começaram a desvendar o segredo. Mas todos estão ainda bem no início deste caminho que conduz ao presente passando pelo futuro."

– Que belo! – declarou Beneditta. – Vamos, fale mais.

"Sua sede está a 1.280 metros de altitude. Além do Parque Nacional, o município abriga um ponto de grande interesse ecológico e geográfico: o Morro do Pouso Alto. Com 1676 metros, ponto culminante de todo o Planalto Central.

A Chapada dos Veadeiros é considerada uma das mais antigas formações geológicas do mundo ('Placa Arai'), estimando-se em mais 1,6 bilhões de anos do início da sua constituição. Geólogos afirmam que o encontro de duas placas tectônicas, ao se fundirem, produziram vários metais e minérios, com afloração de cristais de quartzo, que se conferem como muito especiais. Diz-se que é uma das regiões de maior luminosidade do planeta, quando vista de fora da Terra.

O Parque Nacional, criado em 1961, com 635 mil hectares, teve sua área reduzida para 65 mil hectares, mas, mesmo assim, ainda protege uma amostra importante do bioma do cerrado, sobretudo do raro cerrado de altitude que se encontra aqui, semelhante ao do Tibete.

Alto Paraíso contém uma vasta gama de ecossistemas representativos do cerrado, incluindo chapadas, nascentes, vales de encosta e sertão. A flora e a fauna da região são riquíssimas em espécies exóticas e medicinais, sendo muitas delas endêmicas. Biólogos afirmam que o cerrado constitui um banco genético de plantas mater, que dão origem à boa parte das plantas do continente.

A Chapada dos Veadeiros contém as mais altas nascentes do Rio Preto e do Rio dos Couros, do Rio das Almas, do Rio Macaco e do Rio São Bartolomeu, que abastecem o Rio Tocantins, um dos principais afluentes da Bacia do Amazonas. Ademais, abriga centenas de fontes de água que contribuem para formar pequenos e médios rios da região.

Devido ao seu relevo, a região apresenta uma paisagem espetacular, com inúmeras corredeiras e quedas d'água.

A Chapada dos Veadeiros é constituída por rochas do Pré-Cambriano 'B' (1.100-1.700 milhões de anos) e do Pré-Cambriano 'A' (570-1.100 milhões de anos), que estão assentadas sobre rochas do chamado '"Pré-Cambriano indiferenciado do Complexo Basal' formações das mais antigas do planeta."

– Meu Deus, que santo lugar é este? – disse Mafalda.

Sabes que vi no Google que este local passa pelo 14º paralelo, o mesmo em que se encontra Machu Picchu, sabemos da importância da civilização Inca, no Peru. Mas continue Kathy.

"Os primeiros habitantes de Alto Paraíso foram os índios goiases. O primeiro registro de colonização é de 1750, com a chegada de três famílias na região, trazendo gado e plantação de café.

O primeiro grupo de migrantes, chamados localmente de 'barbudos' e, depois, de 'alternativos', chegou no início da década de 1980, oriundo de capitais importantes do país. Os 'alternativos' buscavam um estilo de vida mais simples, mais perto da natureza, longe das superpovoadas aglomerações urbanas.

Grupos esotéricos ou espiritualistas formaram depois a segunda corrente migratória que desembocou na região nos últimos seis anos. Chegaram em busca de paz espiritual e de condições ambientais mais adequadas para realizar seus trabalhos de autodesenvolvimento e de preparação para uma nova era.

Parte desses espiritualistas acredita que Alto Paraíso representa o 'chacra cardíaco do planeta', um centro energético fulcral, um vórtice através do qual se manifestaria o próprio 'coração da Terra'.

Segundo algumas pessoas que vivem aqui, as condições formadas pela reunião de vários fatores, a força dos cristais e, sobretudo, das nascentes, a miscigenação das raças, as belezas naturais e a existência desse centro energético – estariam predestinando Alto Paraíso para fornecer novos modelos de vida pessoal e social e novos paradigmas para a humanidade no III Milênio."

Agora é a vez de Beneditta falar:

– Chacra cardíaco do Planeta Terra!? Irmãs, vocês sabem que chacra é uma palavra em sânscrito para rodas de luz.

– Não são os nossos centros energéticos? – perguntou Maria de Jesus.

– Sim. Mas, além disso, os gnósticos afirmam que o chacra cardíaco está no templo do nosso coração onde habita a Chama Trina, ou seja, Deus, Pai, Mãe, Filho e Espírito Santo!

– Uau! Incrível! – Kathy falou. Então parece-me que estamos no local certo para este ritual, não é mesmo? Ainda é dito que aqui seria o modelo para nova humanidade.

Mafalda pega o livro e menciona para elas.

– Vejamos quais irmandades espirituais procuraram por este sítio. Hummm, bué interessante...

"No início da década de noventa, começaram a chegar a Alto Paraíso várias seitas, ordens e sociedades esotéricas e espiritualistas, como os 'Cavaleiros de Maitreya*', as 'Cúpulas de Saint German' e os 'Oshos' (sanyasis), entre outros. O chamado esoterismo e a migração esotérica continuam até os dias de hoje."*

– Quem são estes? – indagou Kathy e Mafalda continua:

– Os sanyasis, são o estágio mais alto da espiritualidade hinduísta. É o desapego total da vida mundana pela vida espiritual. São ascetas e devotos do Deus Shiva.

– Tia! Asceta no sentido das práticas espirituais?

– Sim, Kathy. Além de muitos abdicarem de toda a roupa, como sinal da renúncia da vergonha.

– E o Deus Shiva, quem era? – Maria de Jesus perguntou.

– Shiva faz parte da trindade hindu, nomeadamente com Brahma e Vishnu.

– Continua, tia.

– Osho causou muita polêmica ao combater as religiões tradicionais. Acreditava que o ser humano tem plena capacidade de se iluminar e desenvolver seu potencial inerente. Fora professor de filosofia e estudara a fundo as doutrinas do Zen Budismo, Tantrismo e Sufismo.

– Tia, falta-nos explicar agora, os "Cavaleiros de Maitreya", e as "Cúpulas de Saint Germain". Por acaso isto refere-se a outras pessoas?

– Sim, flor. Estes dois Mestres de Luz fazem parte da Grande Fraternidade Branca Universal. Foram humanos e são reconhecidos como *enviados* de Deus. Jesus Cristo faz parte desta fraternidade, assim como Confúncio, Krishna, Buda, Mãe Maria e tantos outros. Depois que deixaram de existir em nosso plano físico continuaram sendo mensageiros de Deus, em esferas mais elevadas e estão, ainda hoje, a auxiliar a humanidade.

– É muito importante este conhecimento, filha! – declarou Beneditta, continuando: – Estes seres de luz são detentores dos raios de Deus que contêm seus atributos divinos. Que são o amor incondicional, paz, purificação, sabedoria, iluminação, poder, proteção, fé, vontade, inteligência criativa, devoção, harmonia, cura, verdade, abnegação...

– Bené, raios, como assim?

– Lembras do arco-íris? Não tem cores? Pois assim são os raios. Cada mestre é detentor de um raio que chega a terra. Em cada dia da semana recebemos a força daquele raio com os atributos divinos do criador.

– Jamais estive a pensar em tantas coisas lindas e perfeitas! Maria de Jesus ficou deslumbrada com aquele conhecimento.

Diga-nos mais, Bené.

– Lorde Maitreya, por exemplo, é detentor do Primeiro Raio Azul, que transmite os atributos da fé, vontade, poder e proteção e junto a ele outros trabalhadores espirituais que o auxiliam em seu templo, como anjos, arcanjos, elohins... A hierarquia celestial é muito organizada.

Ele é o instrutor do mundo e completou várias religiões. Já fora encarnado como Krishna para promover o hinduísmo e fora Jesus de Nazaré, na era de peixes.

Maria indagou:

- Fora o espírito de Jesus Cristo, é isto?

Mafalda agora intervém:

- O nosso Mestre chamava-se Joshua Ben José, que era Jesus filho de José. O termo Cristo refere-se a todo ser de luz que participa deste drama cósmico. Em cada época e era distinta vem um ser de luz mostrar o caminho. O termo Cristo também vem de cristificar, iluminar!

- Este espírito tem sido esperado há gerações por todas as principais religiões. Os cristãos conhecem-no como o Cristo e estão na expectativa de Seu iminente retorno. Os judeus esperam-no como o Messias; hindus aguardam a chegada de Krishna; budistas esperam Buddha Maitreya e os muçulmanos esperam-no como Iman Mahdi ou o Messias. Os nomes podem diferir, mas existe a crença de que todos esses nomes se referem ao Professor do Mundo, cujo nome é Maitreya.

- Como estou a aprender! - Kathy sentia-se flutuando com aquela sabedoria tão antiga, aproveitou para apreciar a paisagem, sentindo-se pequenina com a grandiosidade que é o planalto brasileiro.

- Fale-me sobre o outro ser, tia?

- Chama-se Saint Germain, flor.

- Saint Germain em outras vidas fora São José, o Pai físico de Jesus, "O representante do Filho de Deus" e também é Pai de todos os filhos e filhas de Deus que trilham o caminho do Cristo na Terra.

O anseio de sua alma tem sido libertar a humanidade da opressão, da injustiça, da ignorância, da dor, da maldade, do ego e de tudo que aprisiona a alma.

Ele é o detentor do Sétimo Raio, o violeta, trazendo--nos a chama violeta, que é específica para nossa era de Aquário. Transmitindo os atributos divinos da liberdade, justiça, alquimia, transmutação, profecia, rejuvenescimento, oportunidade e perdão.

A Chama Violeta é um aspecto do Sétimo Raio do Espírito Santo. O Fogo Sagrado que transmuta a causa, o efeito, o registro e a memória do nosso passado e o carma negativo.

– Meu Deus, quantos mistérios estão a ser apresentados. Como é poderoso este sítio e inacreditável como aquele senhor do aeroporto foi o instrumento para que esta sabedoria se revelasse.

Maria de Jesus, que estava dirigindo, naquele instante, estaciona o carro na beira da estrada, chegando em Alto Paraíso, para que todas sentissem aquele momento.

Observam a riqueza daquele lugar místico! Jamais estiveram num sítio tão encantado. O céu está esplendoroso, com um pôr do sol trazendo as boas-vindas para aquelas mulheres tão especiais. Ouviam o silêncio e o despertar de novos tempos.

Rodrigo Doche já as aguardava na beira da estrada ao lado da Pedra da Baleia, agradecendo aos Deuses por dar prosseguimento à sua missão.

As mulheres percebem na hora que o rapaz que se encontrava na beira da estrada era o senhor Doche. Assim que o carro estaciona, ele abre a porta do carona em que Kathy está. Tinha certeza que era ela.

A recebe com um abraço caloroso dizendo:

– É uma honra conhecê-la, escolhida! Vamos que temos muito que conversar!

As outras mulheres são também muito bem recebidas e ele as ajuda com suas malas em direção a seu chalé. Chegam à varanda e ele já preparara o lanche da tarde. Havia sucos de frutas naturais, leite fresco, café feito na hora, pães integrais, francesinho, ricotas, queijos brancos e bolo de cenoura. Este era seu modo de viver, tudo muito natural, retirado e colhido da sua horta.

Sua casa cheira a limpeza e as mulheres estão admiradas com seus cuidados em cada centímetro de seu sacro lar.

– Sentem-se e estejam à vontade! Vocês devem estar famintas. A mesa já está preparada, espero que gostem! – anunciou Doche.

– Muito obrigada, sr. Doche, pela vossa recepção. Apetece-nos comer sim! Está com um cheiro que se calhar, comeremos tudo! – disse Mafalda.

Ele ri com aquela afirmação, achando engraçado o sotaque português.

Depois que comeram, continuaram sentadas à mesa conversando com o Rodrigo acerca do pergaminho e de como Kathy o encontrou.

– Pois, sr. Doche, foi assim que o manuscrito surgiu em nossas vidas.

Ele continua perguntando:

– Então isto foi no ano passado, está correto?

– Sim, senhore – afirmou Kathy. – Como soubeste desta revelação?

– Comecei a receber canalizações desde o ano de 2015, mas em 2017 recebi uma revelação do Lorde Maitreya dizendo que participaria de uma missão muito importante para a Terra. Tudo dependeria de um manuscrito que ainda haveria de ser descoberto por uma pessoa importantíssima para a nova era.

Após esta canalização veio uma enxurrada delas enfatizando o ritual que deveríamos fazer para a nova era. A mensagem foi ficando cada vez mais clara, até que no ano passado foi-me revelado o nome de vocês quatro.

Modifiquei minha vida por inteiro, na expectativa deste momento. Desde então tenho me purificado, me dedicado a uma vida simples e com muita oração.

– E quais as informações que tens de fato acerca deste ritual? – Beneditta questionou.

– Sei que este ritual deverá ser realizado daqui a pouco tempo e que teremos que fazê-lo para a transição da nova era.

– Isto já sabemos, sr. Doche. Mas como deverá ser feito, onde e quando? – indagou Maria de Jesus.

– Senhoras, sei que estão ansiosas como eu para pôr tudo em prática. Mas recebi ordem de que apenas poderei revelar-lhes tudo isto no próprio local do ritual. Vamos relaxar, passar um tempo conversando e nos conhecendo melhor, o que acham?

Imagino que queiram tomar um banho primeiro. Sugiro que desçamos ao rio que temos no fim do terreno. Espero que renovem suas energias nestas águas repletas de cristais.

Sentiam-se muito ansiosas por toda a história daquele ritual, mas achavam mais que justo aproveitar um pouco daquele lugar mágico.

Assim que chegaram à beira do rio, ficaram deslumbradas com a cor de sua água que de tão transparente que era, conseguiam ver as pedras e os cristais no fundo.

Kathy foi a primeira a experimentar a temperatura da água. Estava fria, mas era tão rejuvenescedora que motivou suas irmãs a caírem logo.

Mafalda e Maria de Jesus entraram a seguir e, após alguns minutos, convenceram Bené em despir-se. Mesmo com a água gelada, sentiam-se privilegiadas por estarem naquele pedacinho do planeta que emanava tanta energia. Chegando a perder a noção do tempo, sentiam-se como crianças numa tarde de domingo.

Capítulo 21

Instituto Enoch.

Dee sabia o quanto o senador andava ocupado com a guerra, porém o assunto que trataria era mais importante do que qualquer outra coisa. Resolve então discar para seu número pessoal.

Cliff está concentrado no Capitólio desde a participação da Rússia e China na guerra no Oriente Médio. Aguardava o momento em que o Irã utilizaria de fato seu armamento nuclear. Seu telefone tocou, percebendo que era Dee.

– Diga-me coisas, amigo, porque não estou com muito tempo para assuntos que não são de urgência!

Dee é sucinto.

– Venha imediatamente, senador, que isto é mais importante do que qualquer guerra.

Cliff, surpreendido com o tom de voz do amigo, pega seu jato e voa para a Inglaterra. Chegando, vai direto para o instituto e sala de arquivos onde Dee ficava permanentemente trabalhando.

Dee andava pensativo pela sala quando percebeu o senador já em sua porta, comentando.

- Pelos vistos, andas nervoso, Dee!

- Olá, Cliff, realmente estou.

- Anda lá, conte-me o que houve!

- Na continuidade da interpretação do pergaminho há diretrizes e cálculos astrofísicos que relatam o acontecimento que queríamos descobrir, para que seja feito o ritual.

- Mas o acontecimento não é esta guerra?

- Não, senador. O acontecimento é algo maior em tamanho e proporção.

- Fale-me logo, homem. Estás a deixar-me enervado!

- Senador, um astro gigantesco vem em direção à Terra e mudará todo o mundo que conhecemos.

- Explique-me melhor e diga-me como a Nasa não relatara isto.

- Senador, o senhor sabe muito bem dos interesses dos poderosos. O senhor que faz parte de sociedades secretas não sabia de nada disto?

- Não devo-lhe satisfações, Dee! Conte-me os fatos - ordenou pensando: *"É claro que sei sobre isto, só não tinha certeza que agora seria o momento desta transformação na Terra. Afinal, fizemos os* bunkers *pensando também nesta hipótese."*

Dee continua:

- Mas depois que entendi isto no pergaminho, estudei acerca do assunto e parece-me que a Nasa, em 1982, reconheceu a existência de um planeta solar extra. Em 1983 e 1984 lançara um satélite, Infrared Astronomical Satelliti (IRAS), que registrara informações relacionadas ao décimo planeta e em 1992 a imprensa americana publicara a existência de um novo planeta denominado Intruder.

Cientistas confrontaram dados astronômicos com os estudos de Zecharia Sitchin, baseando-se principalmente na tradução de "Enuma Elish", que são dados muito antigos que narram a história da formação de nosso sistema solar.

Cliff anda de um lado para o outro e argumenta.

- Este Zecharia Sitchin não era um especialista em civilização suméria?

- Isto mesmo. Especialista em civilização suméria, erudito em escrita cuneiforme, que provavelmente antecede a todas as formas de escrita.

- Continue, Dee.

- Pensando neste monstro, lembrei-me da Teoria dos Antigos Astronautas, que descreve que criaturas extraterrestres interagiram há milênios conosco. Como fora popularizado pelo autor Erich von Däniken.

Estas hipóteses também foram seriamente estudadas como possíveis por cientistas renomados como Carl Sagan, Iosif Samuilovich Shklovsky e Hermann Oberth - esclareceu Dee.

Estes estudiosos reconhecem que os relatos bíblicos da Criação de Adão e Eva, do Jardim do Éden, do Dilúvio ou Torre de Babel que foram apoiados em textos escritos há milênios antes na Mesopotâmia, especialmente por esta civilização que fora a mais antiga da humanidade.

Sitchin verificou através de vários estudos que algumas placas sumérias continham um diário de EA/ENKI, que fora traduzido por ele como "O Livro Perdido de ENKI".

– Mas o que isso tem a ver com este astro? – Cliff perguntou.

– Simplificando... A história deste livro mexe com revelações interessantíssimas acerca da humanidade.

No astro gigante que chamaremos de Nibiru ocorreu um conselho com deliberações muito importantes sobre a criação da humanidade na Terra. Enkil era considerado o Deus da Terra ou Senhor da Terra e Enlil considerado o Deus do vento ou Senhor do Comando. Segundo este relato, assim foi criada a humanidade.

– Continue, Dee...

– Todas as escrituras antigas, a Bíblia, os mitos gregos, textos egípcios, os textos das pirâmides, tudo leva Sitchin até a civilização suméria sendo a primeira conhecida em meados do quarto milênio a. C. data estipulada tradicionalmente ao surgimento da escrita e contagem da história.

Nesta civilização, ocorreram repetidas e persistentes declarações sobre estes seres, que os sumérios chamavam de Anunnaki, que significa, na língua suméria, aqueles que desceram dos céus. Para os hebreus, estes seres eram os Nefilim ou Elohins, para os egípcios, Neter. Vieram à Terra através de um planeta chamado Nibiru. O planeta era designado pelo signo da cruz e Nibiru significa "planeta da passagem, travessia" ou "Aqueles que do céu à Terra vieram como os Deuses da Antiguidade".

Nas crônicas deste livro, estes seres habitantes deste planeta Nibiru, os Nepilins ou Anunnakis, sabiam da existência do Logos (o Criador) primordial. Consideravam-se filhos dele e no caso específico, filhos de Anu (o Senhor das Alturas) que fora responsável pela criação e expansão da energia e da matéria que compõe o universo. Mas na condição de mestres geneticistas, resolveram interferir na formação dos mundos e seres, e fora o que fizeram na Terra, porque o ecossistema de seu planeta natal estava ameaçado e precisavam de mão de obra para a mineração de ouro.

Na biblioteca de Assurbanipal, foram preservadas 400 placas cuneiformes que contêm a saga dos Anunnakis. É como se fosse uma cápsula do tempo feita de barro cozido.

Dee mostra as fotos[1] e Cliff fica alarmado.

- Você está a dizer que estes astronautas foram os criadores do nosso Adão? Então é a comprovação do "elo perdido"!

- Isso mesmo, senador! O livro menciona que durante o conselho planetário de Nibiru, foi decidido que deveriam criar um híbrido terrestre-alienígena através de engenharia genética e o fizeram!

De acordo com os registros sumérios, foi localizado o laboratório onde os Anunnakis criaram o homo sapiens, que foi na região leste da África Central. Coincidentemente a mesma área que foi encontrado o DNA mitocondrial mais antigo do fóssil que ficou conhecido como Lucy. Paralelamente a isso, foram descobertas também ruínas de minas de ouro com mais de 100 mil anos.

---

1 Referência para visualização da imagem na Bibliografia.

– E são os astronautas da criação que estão a vir para cá?

– De acordo com o que traduzi e as constelações do céu, daqui a menos de um mês surgirá este astro que é maior que Júpiter, que passará muito próximo da Terra, tendo consequências para toda a humanidade.

– Mas, Dee, especificamente que transformações seriam estas?

– Mudar a rotação da Terra, por exemplo! Inversão dos polos magnéticos, uma nova era glacial, inundações e o extermínio de toda a vida na superfície do solo ou até 2/3 da humanidade.

– Meu Deus! Tens certeza disto? Isto é um novo gênesis!

– Pelos meus cálculos sim.

– E onde entra o ritual nesta história?

– Ainda não tenho certeza se através do ritual o efeito deste astro será neutralizado ou se este ritual será feito para que algumas naves, os Vimanas venham para a Terra para neutralizar os efeitos deste astro. Só sei, meu amigo, que sua filha tem que fazer parte disto.

Cliff fica louco pensando naquilo tudo e volta para o Capitólio. Imaginando o que Dee disse e onde encaixaria seus objetivos da Nova Ordem neste circuito.

"Acharei e buscarei Kathy onde ela estiver, nem que a sequestre! Ela terá que fazer este ritual ao pé de mim, para que a humanidade fique em dívida comigo e assim eu possa exercer o cargo de supremacia que me pertence."

Chegando ao Capitólio, Cliff pede para seus assistentes pessoais, que o serviam no Clube Bilderberg para localizar Kathy.

Capítulo 22

Brasil, Alto Paraíso de Goiás, junho de 2023.

Faltam 13 dias.

Doche, a cada dia que passa está cada vez mais surpreendido com o conhecimento daquelas mulheres. Conversam horas a fio sobre todos os documentos que estudaram na Flor de Lis. Falam de astrologia, astronomia, arqueologia, runas, cabala, Livro dos Mortos, Livro de Dzyan, clavículas de Salomão, teologia, gnose, cosmologia, física quântica, artes, jardinagem e muitos outros assuntos relacionados à nova era e o desenvolvimento integral do ser humano.

Elas, por sua vez, apaixonaram-se por aquele homem tão evoluído, sábio e simples. Consideram-no como um irmão, confiam nele plenamente, respeitando-o. Sabem que no devido tempo ele passará as informações necessárias para as devidas revelações.

Acordam todos os dias de madrugada e em meditação assistem as cores do céu ainda escuro transfigurarem-se a seus olhos nus passando pelo violeta, rosa, laranja e amarelo. Percebem que nunca conheceram um céu como aquele, parecido apenas com a pintura do quadro "Iris", de Van Gogh.

Após este encontro matinal com os Deuses, colhem na horta verduras, frutas e legumes fresquinhos para o almoço. Saem pelas trilhas espetaculares com árvores enormes em direção às cachoeiras abençoadas. Ao se banharem, sentem-se como se estivessem no útero da Mãe Terra. Conheceram todas as irmandades espirituais daquela região e todos os dias que convivem com aquela população tão especial falam a língua dos anjos.

À noitinha, iam para as fogueiras conversar sobre as novidades do dia e naquela noite em especial, Doche recebeu na frente delas a última canalização.

Sentadas nos troncos das árvores ao redor da fogueira percebem que Doche apresenta uma postura física bem diferente do que conheciam. Ele pede papel e caneta começa a escrever uma mensagem.

Enquanto Doche canalizava a mensagem, observavam, curiosas, a velocidade que escrevia. Tentavam passar por trás dele e a seu lado para enxergar o que estava sendo redigido naquela folha, mas sem êxito. Aquela letra parecia algo de outro mundo.

Ao final, Rodrigo cai no chão, extremamente cansado. Elas trazem água e frutas para que ele se recomponha, esperando ansiosas pelo seu relato.

– Bom, minhas meninas (ele as chamava assim). Acho melhor sentarem e perguntas só no fim da carta, ok?

Em uníssono elas respondem:

– Ok.

"Saudações fraternas.

Eu sou Lorde Melquisedeque. Manu desta Quinta Raça Raiz. Sou Mestre e Regente deste sistema solar desde éons. Venho em nome da Paz, pela Grande Fraternidade Branca Universal.

Venho conversar com vocês, escolhidas, convidando-as a participarem do ritual das núpcias cósmicas.

É chegado em seu céu um planeta específico antiquíssimo, denominado nas escrituras sumérias, como Hercólubus ou Erkobulus.

Este planeta é o sinal de que as mudanças chegaram ao fim.

Este astro é superior em tamanho ao maior planeta do seu sistema solar.

É acompanhado de sua chegada por modificações de órbitas dos planetas, das massas planetárias e repartição do que vocês chamam de continentes.

Isto é imposto pelos próprios ciclos do sistema solar.

Assim como vocês estão entrando num ciclo de evolução com seus corpos existênciais do Ser, a Terra também está.

Vocês devem ter consciência de que não é apenas o seu corpo físico. Muitos ocultistas já sabem e trabalham com os sete corpos existenciais, que todo ser humano tem.

Os que estão somente com consciência de terceira dimensão, que é específica para este corpo físico, aumentarão sua consciência, enxergando em quarta dimensão em que está seu corpo vital, sua aura.

Os que já enxergam em quarta dimensão, terão a consciência da quinta dimensão, que vocês frequentam com seu corpo astral quando dormem e sonham.

Assim, a Terra também está entrando em outra frequência dimensional, ascendendo à quinta dimensão.

Para que estas modificações vibracionais ocorram é necessário estas enormes transformações.

Ao encontro com este astro, a Terra permanecerá em escuridão por 72 horas.

Trevas extremamente espessas espalhar-se-ão pelo mundo inteiro, envolvendo a Terra por três dias e três noites.

Durante as trevas será impossível distinguir-se qualquer coisa.

Os estrondos do trovão sacudirão a Terra. A Terra será removida em seus fundamentos, o mar levantará ondas espumantes e ensurdecedoras que se espalharão pelos continentes.

Três quartos da humanidade morrerá. Será a separação do joio e do trigo.

Por três noites e dois dias será como uma noite contínua. Somente as velas poderão iluminar a horrível escuridão.

A Terra que vocês conhecem, com suas atuais tecnologias, desabará.

Muitos locais que vocês conhecem desaparecerão do mapa, assim como aparecerão terras que já existiram em outras raças raízes.

Mas muitos locais estarão protegidos e ajudarão a reconstrução da Nova Era. Como este local que vocês foram chamadas, que é o coração da Terra.

Somente através do ritual que vocês farão é que virá a ajuda da Confraternização Intergaláctica e da Grande Fraternidade

Branca Universal para que venham trazer luz à Terra e a Nova Idade de Ouro.

Mesmo assim, muitos desencarnes ocorrerão, mas como já vos disse, será a separação do joio do trigo.

E com este ritual, vocês fortificarão a Luz que prevalecerá sobre as Trevas que vagam por esta raça raiz desde o início dos tempos pela guerra do poder. Através dos governantes dos estados, das instituições das igrejas, ocultando a verdade, usurpando o Sagrado Feminino sem respeito algum pela Mãe Terra.

O Astro chegará daqui a treze dias e vocês terão que estar no local certo para que o ritual se concretize."

As mulheres, impressionadas com aquilo que ele falou e escreveu, choram copiosamente por perceberem tamanha responsabilidade que vos fora incutida, além de entenderem o que estava por vir.

Kathy, com as mãos ainda limpando as lágrimas que corriam em seu rosto, inicia suas perguntas:

- Quem é este ser?

Doche explicou:

- Acho que o conhecimento de Mafalda e Bené a respeito dele pode esclarecer mais. Sei que ele está ancorando e ativando as energias vibracionais que estamos recebendo no Planeta.

Beneditta começa:

- Kathy, querida. Este Ser é considerado o Senhor do Mundo. Este nome pode ser traduzido como o Rei da Justiça e Paz. Fora um sábio rei de uma terra chamada Salém, posteriormente conhecida como Jerusalém.

Citado na Bíblia em Gênesis e Hebreus e na Pistis Sophia, bíblia gnóstica, Melquisedeque é citado como grande receptor da luz eterna, recebendo-a diretamente do Real Ser (Deus) refletindo-a para o mundo, que é o seu domínio. Ele habita no centro da Terra, num lugar oculto denominado Shambhala. Ele também é chamado Filho do Sol e faz parte da Grande Fraternidade Branca Universal com vários outros mestres de luz.

Maria de Jesus, indagou:

- E o que significa Manu?

Bené respondeu:

- Sete são as Raças Raízes que se desenvolvem em um Globo. Cada Raça possui um Manu, que é o regente dela. O Manu é o Instrutor Supremo, como também o progenitor da Raça. Então nós descendemos fisicamente de Melquisedeque.

- Fale-me sobre este Planeta gigante e a profecia dos dias de escuridão - solicitou Kathy.

Beneditta inicia:

- É conhecido por vários nomes, Nibiru, Planeta X, Hercólubus...

Kathy percebendo que já vira isto em seus estudos, interrompe Bené.

- Tia! Lúcia, a Pastorinha, e aquela senhora estigmatizada da França, mencionaram isto em suas profecias apocalípticas que nós já estudamos! Outros profetas vislumbraram estes acontecimentos?

- Vários outros, florzinha, e pelos vistos, todas as profecias referem-se ao mesmo planeta. O "abominável da desolação" de Jesus, a "abominação desoladora", que se refere o Profeta Daniel, a "grande estrela ardente com um facho, chamada Absíntio" do Apocalipse de João, a "grande estrela", o "grande rei do terror", "o monstro", ou "novo corpo celeste" todos estes, citados por Nostradamus, o "astro intruso" ou "planeta higienizador", do Mestre Ramatiz, o planeta "chupão" dito por Chico Xavier ou o Planeta X, procurado pelos astrônomos.

- Flor, existem especialistas nesta civilização suméria, que Melquisedeque mencionou, que apoiam a Teoria da Origem Superior. Isto significa a influência de seres extraterrestres no desenvolvimento da vida na Terra. Eles citam que extraterrestres vieram neste astro para civilizar a Terra.

- Então, além dele vir para cá, virão extraterrestres ao pé dele?

- Isto não sabemos! O que é conhecido, é que ocorrem transformações com sua passagem. Dizem que o dilúvio fora causado por este astro. E acerca de extraterrestres... Se alguns deles virão, não posso te afirmar! Mas através desta canalização, sabemos que chamaremos Mestres da Grande Fraternidade Branca Universal para trazer paz novamente à Terra.

- E então, nosso irmão, onde faremos o ritual? - Beneditta perguntou.

Doche espreguiçando-se com muita calma, disse:

- Agora, minhas meninas, vamos dormir com a bênção do Senhor do Mundo. Amanhã eu mostro onde será e começaremos os nossos preparativos!

Capítulo 23

Denver, 24 junho de 2023.

Faltam 10 dias.

Cliff consegue parar um pouco em sua casa para descansar. Porém, está muito nervoso desde que sua Kathy, descobriu tudo acerca dos Bilderberg e depois sumiu sem deixar rastros. Estava em sua cave, fazendo seus habituais telefonemas acerca da guerra, até que o seu telefone particular toca.

– Senador, aqui quem fala é Leonard Brandon.

Era um ex-agente da CIA e assistente pessoal dos Bilderberg.

– Diga, Leonard, conseguiste localizar Katherine?

– Sim, senador. Ela está no Estado de Goiás, no Brasil. Viajou com mais três mulheres: Beneditta Tolotti, Mafalda

Mondego e Maria de Jesus. Estão localizadas na Chapada dos Veadeiros, na cidade de Alto Paraíso, na casa de um economista chamado Rodrigo Doche.

- Ok, Leonard, envie-me o endereço correto e obrigado.

Ele ficou pensando:

"Brasil? O que Kathy está a procurar? Mas esta viagem com todas essas gajas! E o que tem lá em Goiás que possa interessá-las?"

Disca imediatamente para Dee.

- Dee, meu amigo, tu sabes algo a respeito de Goiás, Brasil, Chapada dos Veadeiros?

- O que sei, senador, é que lá é um dos pontos mais energéticos do planeta Terra.

- Se calhar, elas estão a juntar dados para o ritual!

- É possível que seja até o local de sua realização - Dee considerou.

- Disseste-me que o astro está por vir, não é mesmo?

- Sim, senador, de acordo com o céu, faltam menos de duas semanas.

- Então tenho que despachar alguns assuntos sobre a guerra para ter logo com ela. Assim a trago de qualquer maneira para o bunker e quero que tu estejas conosco. Já sabes como executar este ritual?

- Contratei alguns ocultistas que dizem que tem uma boa ideia acerca do assunto.

- Dee, preciso de toda a certeza! Tu tens no máximo quatro dias para saber todo o teor deste rito.

- Então, senador, saiba que não terás que trazer só a Kathy. Segundo os estudiosos, serão necessárias cinco pessoas na participação.

– Então trarei todas aquelas mulheres, quer queiram, quer não! Comigo, seremos os cinco. Te aguardo, Dee, com mais informações.

Cliff telefona novamente para Leonard dizendo:

– Quero que reúnas cinco assistentes a mais para uma missão daqui a poucos dias. Porque nós iremos para o Brasil.

Chapada dos Veadeiros, Alto Paraíso.
Jardim Matreya.

Ao amanhecer, por volta das 6h15, iniciaram a trilha da Pedra da Baleia até o Riacho Fundo, nome designado ao atual **Jardim Matreya**.

As mulheres estão perplexas com a grandeza daquele santo local. Sempre que passeavam de carro observavam da beira da estrada o jardim, mas entrar nele era outra coisa.

Entraram às escondidas, já que o jardim faz parte do Parque Nacional da Chapada dos Veadeiros, que foi, inclusive, declarado Patrimônio Mundial Natural em 2001, pela UNESCO.

Sentiram-se como se estivessem num livro de contos de fadas. É um lugar verdadeiramente mágico em que o céu e a terra parecem se misturar.

Atravessaram imensos morros, caminharam por campos de um verde-claro iluminado, floras diversificadas repletas de veredas e buritizais, até chegarem próximo à cachoeira, considerada um portal para outras dimensões.

Quando passaram por aquele lugar, todos os seus corpos paralisaram e arrepiaram-se, perceberam uma força que jamais sentiram em nenhum outro ambiente. Era como se um campo magnético estivesse ao redor de tudo aquilo e elas estivessem totalmente conectadas com as águas, as pedras, a mata e o ar que as envolvia. Sentiam-se como parte integrante daquela natureza.

– É aqui! – Doche indicou.

As mulheres, ainda que paralisadas, começam a retirar suas mochilas das costas e sentaram no local, extasiadas com tamanho sentimento e emoção.

Kathy, com lágrimas em seus olhos, percebendo as cores tão vivas, foi a primeira a se pronunciar.

– Que sítio é este? Estão a perceber o mesmo?

Quando ela as observou, não era mais necessária nenhuma resposta. Todas estavam tão emocionadas como ela e permaneceram em silêncio por alguns minutos.

Doche, que já conhecia bem aquela emoção, começou a relatar.

– O que vocês estão sentindo é uma nova frequência, uma vibração bem maior do que em qualquer outro local. Aqui as dimensões fundem-se. Vocês conseguem enxergar todas as cores com várias tonalidades, ouvir todos os sons e sentir com muita intensidade.

– Por isso é que faremos o Ritual neste lugar mágico – expôs Bené enquanto Doche continuou.

– Seremos nós os cinco que ancoraremos o portal da consciência luz para a Nova Era. Todas as pessoas do planeta receberão o "momentum", o perfeito e completo acumulador de energia que é oferecido pelos Mestres Ascensionados para a transformação.

Com isto, as pessoas terão uma visão muito mais aprimorada, estreitando os laços com estas entidades de luz, recebendo instruções sobre a grande mudança.

As hierarquias celestiais terão como objetivo a purificação dos corpos existenciais de cada Ser, ajustando e mantendo sob controle a evolução desta raça. São forças inteligentes que promoverão a conscientização e aplicação adequada da lei universal sobre este planeta.

Orientarão e instruirão a humanidade às portas da sabedoria divina, transformado-as em inteligências espirituais autoconscientes e autocriadoras do universo manifestado.

A grande estrela que faremos no ritual do Tetragrammaton será o marco para o alinhamento com o universo criador, Alpha e Omega.

O astro que está chegando vem com três forças cruciais para esta mudança. Estas forças são criadoras, destruidoras e preservadoras, continuando a cíclica evolução cósmica. E o dia da oportunidade se fará mostrar, conclamando a purificação da Lei, que ajusta a vibração da humanidade aos ciclos de equilíbrio do universo.

Esta força estará intimamente ligada ao ajustamento da matéria e espírito na essência e base das fundamentais mudanças de polaridade, que determinará a retificação da inclinação do eixo magnético terrestre. Isto promoverá mudanças na face geográfica e densidade dos continentes. Fundamentais a transferência dos centros de radiância dos centros superiores na face sutil do globo.

A densidade do corpo físico do planeta precisa ajustar-se à mesma frequência e ressonância dos portais de energia planetários. Assim todos os portais se abrirão dando forma a uma rede de consciência luz sobreposta ao planeta. Será uma pirâmide trina dentro da outra, que é manifestação do Merkabah da luz, permitindo a cada Ser, conforme sua vibração de consciência, viajar no espaço/tempo das dimensões.

O sol já estava alto e as mulheres admiravam as palavras tão sábias de Rodrigo. E ele continuou:

– Quem estiver consciente em terceira dimensão passará para quarta, quem estiver em quarta dimensão, passará para quinta.

Essa atuação reorganiza e eleva a vibração e potência dos átomos, afinando as notas chaves, acordes e sons dos reinos subumanos e dos egos humanos.

Assim, os Mestres das hierarquias Superiores aguçam nos seres humanos às tendências naturais para este novo ciclo.

Com este rito, ativaremos o DNA humano e a lembrança de sua origem estelar, potencializando a conexão com a qualidade feminina da espiritualidade, ativando as virtudes do amor-sabedoria, iniciando uma Nova Era.

– Então, Doche, quando começaremos este ritual? – quetionou Mafalda.

– Em breve, minhas queridas. A partir de amanhã traremos tudo que será necessário para acamparmos até o dia da realização do rito. Agora, o momento é de acumular as energias necessárias para este encontro.

Mas por hoje, vamos fazer nosso piquenique e aproveitar essa natureza magnífica.

Sentaram e começaram a colocar as frutas, amêndoas, nozes, castanhas em cima de uma pedra para degustarem na cachoeira naquele dia ensolarado.

Capítulo 24

CAPITÓLIO.

Faltam 5 dias.

O senador conversava com o general John Gordon, da Agência de Segurança Nacional (NSA) e com alguns observadores da ONU, que foram enviados para o Irã com o intuito de acabar o conflito.

Era a vez do general John Gordon, da NSA, falar:

– Depois do incremento da guerra na Síria e o ataque ao Irã, o Azerbajão aproveitou a situação e anexou novamente a região de Nagorno-Karabakh, causando uma tremenda revolta na Armênia, chegando a envolver o país vizinho da Geórgia. Estando numa posição muito delicada, a Rússia entrou em combate para defender suas fronteiras do sul. Mesmo tendo cooperação com o Irã, através da usina Bushehr, além de construírem juntos o oleoduto Baku-Tbilisi-Ceyhan.

- Não conseguimos apaziguar este conflito! - respondeu um dos observadores da ONU.

O senador absorvia aquelas palavras, deleitando-se com tudo aquilo já que os Bilderberg colocaram muito bem seus planos no palco do mundo, até que seu telefone toca.

- Senador, quem vos fala é o Dee.

Ele pede licença e diz que é uma chamada familiar. Aproveita para sair do Capitólio. Pega seu BMW e telefona para Dee.

- Já não era sem tempo, amigo. Conseguiste descobrir como fazer o ritual?

- Conseguimos, Cliff.

- Temos cinco dias, não é isso?

- Exatamente.

- Então dobre a oferta para os ocultistas e quero todos vocês o mais rápido possível comigo em Denver.

- Mas senador, o senhor não traria Kathy para fazermos o ritual aqui?

- Com a loucura dos reais acontecimentos, não terei tempo de ir ao Brasil e voltar para fazermos o que temos que fazer. Andei a pensar. Se estas mulheres que sabem do teor de tudo, escolheram estar lá e tu disseste que aquele local é o chacra cardíaco do planeta, se calhar é lá que tem que ser feito o ritual!

Então quero todos comigo para realização desse feito. Ofereça-lhes o dinheiro e diga que suas famílias ficarão seguras. Autorizo que utilizem a minha parte do bunker no subsolo do aeroporto de Denver. Assim poderão ficar tranquilos e dedicarem-se ao momento mais importante. Traga-os e venha logo!

– Ok, senador. Farei o meu melhor.

– Faça-o e rápido.

Dee, ao desligar o telefone em sua sala, percebe a tarefa que lhe fora incutida. Ao contratar os ocultistas Francis Bacon, Eleanor Bradley e Vitor Flamel solicitou apenas uma consultoria na explicação em como executar o ritual. Porém, eles não tinham a menor ideia que este símbolo faz parte da descoberta do Quarto Selo de Fátima, além da passagem do astro destruidor pelo planeta.

Respirou fundo, pensando em como poderia apresentar esta história e os chamou para sua sala.

– Meus caros ocultistas, gostaria de agradecer-lhes a consultoria realizada e apresentar-lhe muitos outros dados que com certeza os interessarão.

Sei que somos pessoas diferentes neste contexto global. Nos interessamos pelo conhecimento e dedicamos nossas vidas a ele. Por isso, ofereço a vocês o que há de mais novo em descoberta científica e ocultista, além da participação de uma missão além da imaginação. Porém, como a nossa é macrocósmica, sei do grande entusiasmo que sentirão a respeito.

Mas, antes de mais nada, preciso que assinem um contrato de sigilo absoluto, para contar a história completa.

Todos eles estavam curiosíssimos acerca da conversa e sem tardar assinaram o acordo.

Eleanor, a mais comunicativa, sentada em sua cadeira balançando a perna, disse:

– Dee, estamos esperando.

– Bom, quem os contratou foi o senador Cliff Stuarty. Como vocês, sou um empregado dele.

Há mais ou menos um ano, estamos pesquisando um pergaminho que fora descoberto por sua filha, Katherine Stuarty, que é arqueóloga. Esse manuscrito se refere ao Quarto Segredo de Fátima, porém fora ocultado de tudo, de todos e inclusive da Igreja, devido sua importância.

Os três ocultistas observaram-se com os olhos brilhando.

– Neste pergaminho, descobrimos um mantra que, inicialmente, se refere a este símbolo para que se faça um ritual.

Francis se pronunciou:

– Você está a referir-se ao KLIM KRISHNAYA GOVINDAYA GOPIJANA VALLABHAYA SWAHA!

– Isso mesmo, senhores.

Francis continuou:

– Este ritual é de Alta Magia, Dee. Vamos invocar estas poderosas forças por quê?

– Bom, meus queridos, aí é que está! O pergaminho é descrito em muitas línguas e mostra um céu específico para passagem de um planeta gigante.

Flamel agora intervém:

– Você está dizendo que irá passar o Nibiru?

– Isso mesmo, meu caro. Este rito é para apaziguar este efeito.

Flamel continuou a indagar:

– Mas se ele vai passar agora é porque será o início da Nova Era. Ocorrerão muitas manifestações na Terra e não poderemos nos ausentar pela proteção de nossas famílias.

– Sabemos e exatamente por isso que o senador oferece a todos os seus familiares lugares específicos no *bunker* do subsolo do aeroporto de Denver, onde apenas há lugares para os poderosos do país! Assim, suas famílias estarão em segurança e vocês poderão fazer parte da história dos novos tempos. O que acham?

Eles conversaram entre si e chegaram a um acordo.

Eleanor comunicou a decisão:

– Nós aceitamos. Porém mostre-nos este pergaminho e diga qual será o destino do ritual.

Dee apresentou as fotos e explicou que deveriam fazê-lo no Brasil. Assim que acabou a reunião, foi marcado que estes fossem ter com suas famílias para organizar sua partida.

– Amanhã, pelas 8h da manhã, partiremos para Denver – ordenou Dee.

Ao chegar a Denver, Dee os levou para a casa do senador, que os esperavam para juntos irem ao Brasil. Cliff conseguiu se livrar dos assuntos da guerra com a desculpa de doença em família.

– Prontos?

O senador mal pisou em casa e já estava determinado a regressar para seu jato. Fernandes já estava no aeroporto colocando combustível, fazendo o *check-up* final para levá-los ao seu destino.

Alto Paraíso, Chapada dos Veadeiros, 3 de julho de 2023.

Falta 1 dia.

Doche e as mulheres estavam há quase uma semana no Jardim Matreya, purificando-se para os preparativos finais.

Levaram tudo o necessário para o acampamento para tantos dias, como muitas frutas secas, pães, queijos e rodeados de água pura da nascente. Acamparam embaixo de uma árvore com uma copa enorme que os protegia de qualquer risco de um possível avistamento. Não poderiam colocar em risco seu projeto e tratando-se de um Parque Nacional, aquele santuário era vedado aos turistas em geral.

Pela manhã, Cliff chegou ao Aeroporto Internacional de Brasília com Dee, Francis Bacon, Eleanor Bradley e Vitor Flamel, seus ocultistas contratados, além de Leonard Brandon, encarregado de seus cinco assistentes pessoais.

Alugam duas caminhonetes e foram em direção à Chapada dos Veadeiros, Goiás. Direcionaram seu GPS com as coordenadas do endereço da casa de Rodrigo Doche.

Ao chegar lá, o senador é o primeiro a sair do carro. Entrou pela varanda e bateu na porta da frente. Queria encontrá-la sem que aparecesse toda a sua comitiva. Percebeu que ninguém respondia, então, autorizou Leonard a espiar pela lateral da casa para verificar se existia alguém em seu interior que não queria atender.

– Senador, parece que a casa está desocupada – declarou Leonard.

– Então, Leonard, entre na casa e verifique se estiveram por aqui e peça para o restante dos rapazes arrumarem as barracas do lado de fora. Aproveitaremos que o terreno é grande para armarmos o circo sem que sejamos descobertos. Pegaremos todos de surpresa.

Os assistentes pessoais verificam todo o perímetro, armaram as barracas e instalaram uma rede de assessoramento que somente espiões da CIA e Mossad saberiam operacionar. Estavam conectados com o mundo para os eventuais prosseguimentos.

– Pronto, senador, está tudo como devido. Mas os rapazes não encontraram nenhum vestígio da passagem deles por fora da casa, mas dentro da casa existem artefatos pessoais.

– Quero três de seus rapazes de vigília em pontos específicos para caso apareçam. Caso isso aconteça, quero ser comunicado pelo rádio imediatamente – ordenou Cliff.

– Dee, fale com os ocultistas, peça que eles investiguem quais são os pontos de energia que têm por este sítio. É capaz delas já estarem em algum deles a se preparar para o rito.

– Ok, senador, veremos isso agora.

Eleanor, depois de alguns minutos, chega com alguns papéis em suas mãos.

– Aqui é um lugar realmente místico e especial. A sua constituição geológica é uma das mais antigas do planeta, estando assentada sobre uma imensa placa de cristal de quartzo. Segundo relatos, foi uma das primeiras regiões da Terra a ficarem descobertas quando o mar recuou no início dos tempos.

Dee continuou:

– Por isso, a biodiversidade daqui é riquíssima em flores, frutos, plantas medicinais e plantas mater.

Eleanor prosseguiu com as pesquisas.

– Dizem que as florestas daqui são invertidas. As raízes de suas árvores retorcidas ficam a pelo menos 15 metros de profundidade. Aqui encontramos o cerrado de altitude, igualado à região do Tibete.

– Realmente percebe-se no ar esta energia diferente – declarou o senador. – Mas vamos logo ao que interessa, precisamos saber dos locais para aquele ritual.

Ela prosseguiu:

– De acordo com nossas leituras acerca dos pontos energéticos que acreditamos serem os mais propícios para este rito, escolhemos três lugares:

O primeiro, será o Sítio Arqueológico de São Miguel, a Pedra Escrita. Na segunda hipótese, o Vale de São Bartolomeu, na Gruta da Igrejinha. Depois iremos para o Vale da Lua.

– Ok, então. Vamos a isto, que temos que procurá-los e rápido! – anunciou Cliff já entrando na caminhonete com os ocultistas e mais dois assistentes pessoais, comandando: – O restante fica a vigiar a chegada de Kathy.

Seguem passando pela comunidade de São Jorge, continuando por mais 15 km e vão em direção ao sítio Arqueológico de São Miguel.

Ficaram espantados com a coloração do solo que apresentava-se na continuidade daquela estrada de chão. Ia desde um tom claro de terra, quase branco, passando para um amarelado e chegando à terra vermelha. Era um espetáculo de cores.

Estacionaram e iniciaram a trilha em direção à Pedra Escrita. O local ecoava o silêncio, detonando um ar de solenidade. Quando aproximavam-se perceberam que aquele sítio era guardado por abelhas e marimbondos.

Passaram com muito cuidado e observaram nas pedras inscrições ancestrais, peças arqueológicas enigmáticas e até restos de utensílio dos povos antigos que habitaram a região há tempos pretéritos.

Dee e os ocultistas estavam fascinados com a riqueza daquele local. Mas Cliff prosseguiu dando ordens:

- Sei que é tudo muito interessante, mas como já percebemos, não encontramos a malta de Kathy. Temos que despachar para o próximo sítio.

Direcionaram-se para o final da Serra Geral do Paraná, para o povoado do Moinho. Passando pelo Mirante descortinando o vale de São Bartolomeu.

Era incrível a grandeza daquele lugar. Subiram as trilhas e bem no meio, encravada na encosta de um morro, havia uma gruta bem misteriosa, com uma Cruz de Malta logo na entrada. Era a Gruta da Igrejinha!

Fora escavada pelos escravos no século XVII. Ali, era benzido todo o ouro retirado das minas situadas na vizinhança.

Ao entrar, encantaram-se com o eco que soava de dentro daquelas paredes. Era uma catedral da natureza.

Porém, não avistam Kathy e o senador começou a ficar muito preocupado. Como já era à noitinha e seria difícil a caminhada por aqueles locais, resolveram voltar para a casa e iniciar logo ao amanhecer as trilhas.

Ao chegar a casa de Doche, Cliff se reuniu com seus assistentes pessoais e os mandou estudarem bem a prática do ritual com os ocultistas.

Leonard Bernard reuniu seus contratados e armaram o circo de vigia durante a noite.

Capítulo 25

4 DE JULHO DE 2023.

O dia amanheceu, Cliff acordou com o sabor da nostalgia. Mergulhou suas emoções a fundo na tradição anglo-americana da liberdade política. Afinal, hoje era comemorado o dia da Independência dos Estados Unidos.

"Sinto a força dos meus ancestrais para o dia de hoje que será um marco para as transformações da Nova Ordem.", pensou.

– Vamos que o dia hoje será muito curto! – disse para todos.

Seguiram em direção ao Vale da Lua. Ao chegar, estacionaram e iniciaram sua trilha.

Esta cachoeira, presente ao longo do rio São Miguel, era espantosa! O nome não poderia ser diferente, até porque lembrava a paisagem lunar.

O grupo ficou estarrecido pela formação geológica tão diferente de tudo que já viram. As pedras lembravam lavas vulcânicas, moldando o leito do rio com formas bizarras. Os ocultistas vibraram percebendo que grande parte daquelas formações, eram de quartzo com aflorações de cristais.

Cliff observava as horas em seu relógio, preocupadíssimo por não ter nem sinal de Kathy e o tempo estava a esgotar-se. Ainda havia a esperança de encontrá-los nas proximidades das últimas piscinas.

Jardim Matreya.

As mulheres e Doche começaram a se preparar para o ritual. Estavam já alguns dias em jejum, separando todo o material necessário. Cada um deles estava em contato com os elementos que representariam no rito, nos locais específicos.

Doche pegou seu cajado e com o dedo indicador voltado para o chão, visualizou a formação do círculo de proteção em sentido horário. Juntamente com as mulheres e cada um fora para seu devido lugar.

Kathy, a escolhida, estava na ponta da estrela, representando as forças da luz e da unidade do elemento Ether.

Mafalda estava no primeiro braço da estrela representando as forças do elemento água.

Maria de Jesus na perna da estrela, representando as forças do elemento fogo.

Beneditta estava na outra perna da estrela representando a terra e Doche no outro braço, o elemento ar.

Assim, ficaram em meditação, recebendo as forças das representações da natureza.

VALE DA LUA – ALTO PARAÍSO.

O senador, desesperado, começou a esbravejar.

- Sabemos que não estão aqui e gostaria que me explicassem o porquê, já que segundo vossas pesquisas, seriam os locais deste rito.

Dee respondeu:

- Senador, eles estão estudando outros pontos energéticos, já que a região é repleta deles. Já saberemos outros lugares e continuamos a procura.

No final da trilha do Vale da Lua, de repente, um silêncio absoluto invadiu todo o ambiente. Nem o cantar dos pássaros comuns daquela região pôde ser ouvido.

Todos, na mesma hora, pararam impressionados com o silêncio absoluto daquele momento. A seguir, começou a chover torrencialmente.

Cliff foi o primeiro a perceber que algo de estranho acontecia, quando de repente ele vê um raio descer do céu em direção a um dos seus contratados.

- Eleanor, cuidado! - gritou Cliff.

Ele conseguiu empurrá-la naquele minuto. Por pouco ela não foi atingida por um enorme raio estrondoso.

A seguir, ouviu-se um trovão tão forte que abalou inclusive o chão em que pisavam. Sentiam a vibração no âmago da Terra. A terra não parava de tremer, outros raios continuaram a ecoar e a se lançar ao chão, violentamente, de tal maneira que todos saíram correndo em direção a algum abrigo.

Depois de meia hora de raios, relâmpagos, que de tão fortes e altos, clareavam todo o céu, começou uma enorme ventania, dando a sensação que qualquer um poderia ser arrancado do solo, com seu corpo voando a qualquer momento.

Os uivos dos ventos pareciam ungidos dos animais em agonia e subitamente tudo ficou às escuras.

- Que loucura de tempo é esse? Jamais vira um eclipse com o tempo tão virado! - comentou um dos assistentes pessoais.

O senador, Dee e os ocultistas sabiam que se tratava de algo muito maior, mas para não transmitirem pânico, resolveram pegar as lanternas e abrigarem-se melhor.

Dee sugeriu:

- Vamos ficar próximos a esta trilha para descansarmos um pouco e pensarmos o que fazer.

O senador puxou Dee no canto e perguntou:

- É o astro que está a passar, não é mesmo.

Dee respondeu:

- Parece que sim, senador. Pelos nossos cálculos, ele passaria pelas 23h desta noite e não pelas 15h da tarde.

Cliff ficou apavorado. Odiava sentir-se inseguro, estava tão habituado a ter tudo sob controle, mas percebeu que estava no abismo de seu desespero.

"Como não conseguira encontrar Kathy? Como fazer o ritual já que ela era a escolhida? Como poderia trazer a Nova Era sem que ela fizesse parte, já que ela seria a peça central neste episódio?", pensou, agoniado.

Ficava andando de um lado para o outro. Enquanto isso, seus contratados procuravam pegar alguma lenha para fazer uma fogueira.

A escuridão era tremenda, não dava para enxergar nada. Todos estavam assustados.

A sensação que tinham era que a terra, agora que estava toda às escuras, parara. Não se ouvia um único som, escutavam a voz do silêncio. E o frio começou a apertar.

Tentaram se proteger próximo às copas das árvores e dos carros, no estacionamento do local.

Os ocultistas mencionaram alguns outros possíveis locais, mas quando foram falar com Cliff sobre o assunto:

- Senador, podemos...

Ele foi taxativo:

- Sabemos que isto demorará e que tenderá a piorar. Ficaremos assim nestas trevas por algum tempo e não conseguiremos sair daqui. Então, agora será nossa a responsabilidade deste ritual.

- Mas, senador, a Kathy é a escolhida? Será que não estará fazendo isto em algum outro local? - Dee perguntou.

Ele sabia que sim. Mas dentro de seu coração cobiçado, ele teria que fazer parte deste ritual para ser o instrumento da Nova Era. Não perderia esta oportunidade de ser o centro das atenções.

Pediu que um dos assistentes pessoais filmasse o momento do ritual, assim poderia mostrar ao mundo que foi ele que resolveu todos os problemas.

- Dee, fale para os ocultistas pensarem em como realizar o rito, porque nós cinco é que o faremos. Porém, adicionaremos os meus conhecimentos - ordenou, pensando: *"Já que eu serei o principal, faremos como nas lojas que pertenço de acordo com os ensinamentos de meu ídolo magista, Aleister Crowley. Com este ritual de invocação, serei capaz de trazer para esta nova realidade aquilo que sempre quis! O poder da Nova Ordem Mundial."*

Dee reuniu-se com os ocultistas e mencionou o que o senador queria. Todos sabiam que o ritual invertido é muito perigoso, pois estariam influenciados por seres trevosos, principalmente diante daquele cenário de filme de terror. Não tinham nem possibilidade de dizer não para o senador, já que seus assistentes pessoais estavam ao redor e muito bem armados.

JARDIM MATREYA.

Exatamente às três da tarde, Mafalda falou:

- Como o universo é sábio e sempre foi. A hora da trindade, de Deus Pai, Mãe, Filho e Espírito Santo. Agora é o momento de toda a concentração.

- Meninas, temos que enviar a energia necessária para a humanidade neste início das trevas. E, no momento exato, invocaremos a luz.

Eles estavam dentro do círculo, protegidos e rezavam por todos. Admirados por perceberem que nada da natureza enfurecida ao seu redor, os atingia. Era como se o círculo de proteção tivesse uma barreira invisível em que eles estivessem intocados.

VALE DA LUA.

Anoiteceu. Os assistentes pessoais apavoraram-se quando perceberam que nem as estrelas, nem a lua apareciam no céu. Era como se uma nuvem de escuridão se apoderasse do mundo. Não conseguiam sequer enxergar os próprios pés.

Nas primeiras horas, tentaram estabelecer contato com a CIA, o governo e os Bilderberg, mas perceberam que os satélites estavam inoperantes.

Resolveram se comunicar por ondas de rádio que os assistentes levaram e através disso, souberam que o mundo estava em *blackout*.

Agora a guerra não era mais entre nações. Todos estavam voltados para suas vidas, preocupados em estarem seguros num mundo às escuras.

Depois de muitas horas de *blackout*, todos os governos ativariam as suas forças tarefas para descobrirem o porquê deste acontecimento e não tiveram suas conclusões apuradas sobre o episódio.

Descobriram que a Terra continuava a tremer com uma chuva constante de granizo. Ocorreram terremotos, tsunamis, várias ilhas já sumiram do mapa. Cidades desapareciam e pela grande mortandade, a peste começava a se alastrar.

Os governos preparados colocaram seus familiares nos *bunkers* feitos para estas eventualidades.

As centrais elétricas e nucleares estavam em absoluto colapso, mesmo com os geradores de energia em reserva. Resolveram, por precaução, desligar tudo, pelas alterações do campo magnético da Terra.

Os sistemas de distribuição de água perderam pressão, forçando racionamentos.

O desespero aumentou com várias bolas de fogo surgindo como bombas dirigidas a alguns centros urbanos.

As pessoas corriam por todos os lados sem orientação alguma, procurando refúgio.

Prédios e casas desmoronavam como se fossem de papelão e o pior de tudo eram as névoas que vagavam no ar, como gazes envenenados que sufocavam as multidões.

O sentimento e a sensação eram o desespero, o terror, o medo, o ódio que prevaleciam, junto deles o vandalismo e o egoísmo. Era como se o que havia de pior no homem se manifestasse naquele momento.

Mas muitos que acreditavam nas profecias, além das mensagens dos mestres de luz que estavam recebendo, que mencionavam os três dias de escuridão, estavam preparados materialmente, fisicamente e, principalmente, espiritualmente para aquela situação.

Já estocaram em casa alimentos de consumo prático, castanhas, bananas, biscoitos, mel, aveia, chocolates, leite em pó, alguns tipos de enlatados, fósforos, material de higiene, alguns remédios básicos, incluindo alguns para intoxicação, diarreia, calmantes, curativos práticos, lenços para improvisar máscaras em caso de gás ou poeiras e muita água hermeticamente fechada, para que não entrasse nenhuma contaminação.

Sabiam que não poderiam utilizar roupa de lã ou flanela, que pelo acúmulo de eletricidade, poderia dar-lhes choques.

Preocupados com os gazes tóxicos que existiriam no ar, caso tossissem, sentissem falta de ar, dificuldade de respiração, olhos irritados teriam que colocar panos úmidos sobre todo o rosto, após enxaguado, que serviria como máscara, usando-a o tempo que fosse necessário.

Com a queda da temperatura, estavam preparados com jornais, plásticos e fitas isolantes que seriam colocadas por baixo de suas roupas para se agasalhar melhor. Aproveitariam estas fitas e plástico para taparem toda a janela, portas e principalmente as de vidro que seriam vedadas com o propósito de não visualizarem os fenômenos que aconteceriam fora da casa, ajudando a manter a serenidade para a oração com as velas e o recolhimento.

Sabiam que deveriam ter em casa velas de sete dias, que deveriam ser abençoadas em oração por um membro da casa. Estas velas queimariam noite e dia sem parar, sendo a única luz que iluminaria a casa. Não acenderiam mais velas, para não queimar oxigênio. E a que permanecesse acesa não poderia estar perto de abertura nenhuma da casa para não ser vista por quem estivesse do lado de fora. Pois estariam desesperados e tentariam entrar de qualquer forma quebrando o que pudessem, em busca de luz e abrigo.

Mas o pior de tudo é que sabiam que jamais, em hipótese alguma, poderiam abrir suas portas, nem se algum membro da família batesse. Tinham consciência do perigo que estava do lado de fora e que seria a separação do joio e do trigo.

As casas estariam protegidas, assim como as pessoas que permanecessem dentro delas em oração que poderia ser feita de coração ou da maneira que a pessoa escolhesse. Com a energia dessa fé, a vibração ecoaria para fora das casas formando uma capa protetora.

Já se completava o terceiro dia do caos generalizado, quando os ocultistas disseram para Cliff que à meia-noite do terceiro dia teriam que fazer o ritual.

O Vale da Lua estava totalmente às escuras e eles iriam, com suas últimas lanternas, para a lateral das piscinas, local escolhido para o rito.

Pouco antes da meia-noite do dia 6 de julho, Cliff, Dee, Eleanor, Flamel e Francis fizeram o círculo de proteção com muita dificuldade, pelas terríveis condições atmosféricas. Era visível o medo e terror em seus olhos, principalmente por saber quais espíritos invocariam.

Leonard Brandon estava com a filmadora em suas mãos filmando cada movimento.

Paralelamente a isso, no Jardim Matreya.

Mesmo com toda aquela esfera densa ao redor deles, dentro do círculo traçado estavam protegidos. Logo no início do rito, sentiram uma pequena brisa a tocar em seus corpos, numa sintonia de harmonia. Vocalizaram juntos o mantra:

KLIM KRISHNAYA GOVINDAYA GOPIJANA VALLABHAYA SWAHA ...

Sentiam e viam uma luz azul envolver cada parte da estrela, conectando-os, formando assim o pentagrama esotérico.

Continuaram com a invocação das hierarquias celestiais guardiãs, responsáveis pelas dimensões da Natureza e do Cosmo, desde os mundos divinos próximos ao Absoluto até o mundo físico.

No Vale da Lua.

Cliff sentiu como se estivesse dominado por uma força superior. Iniciou o ritual desenhando uma cruz negra através de alguns pontos espalhados pelo seu corpo. Enquanto executava os gestos, visualizava fortemente uma linha de luz negra brilhante acompanhando o movimento de suas mãos.

Tal como consta na Bíblia Satânica, invocou a décima chave enochiana. A seguir, invocou os quatro príncipes coroados do inferno, depois os quatro demônios dirigentes, chegando a invocação final de Satã.

O restante do grupo participou em uníssono todos os mantras sagrados para que os espíritos atuassem. Automaticamente, uma série de vultos apareceram ao redor deles com uma força descomunal, e começaram a se materializar. Era como se os portões do inferno estivessem totalmente abertos.

Cliff, hipnotizado por aquela invocação, sentiu-se poderoso, com toda aquela falange ao seu redor.

Dee observava apavorado e os espíritos percebendo isso, envolveram o seu corpo e pararam em frente ao seu rosto. Ele estava literalmente desesperado, mas sabia que se rompesse o círculo, estaria morto.

Mesmo os ocultistas habituados com o mundo dos espíritos, viam-se em uma situação de apavoramento e, com isso, Cliff se alimentava como um vampiro de seus medos.

Jardim Matreya.

Kathy deu início às conjurações:

- Potências do Reino, colocai-vos sob meu pé esquerdo e em minha mão direita.

Todos juntos:

– As Potências da Árvore Cabalística de Malacut, transformando nosso corpo na letra Aleph, a Unidade.

Mafalda continuou:

– Glória e Eternidade, tocai meus ombros e levai-me pelos caminhos da vitória.

Todos responderam:

– Glória do Mundo Elemental, Etérico; e Eternidade do Mundo Astral, equilibrai e levai-nos ao Mundo da Vitória, ao Mundo da Mente. Só se é vitorioso quando se entra dominando a mente.

Maria de Jesus recitou:

– Misericórdia e Justiça, sede o equilíbrio e o esplendor de minha vida.

Todos replicaram:

– O Íntimo e a Consciência, Misericórdia e Justiça, devem equilibrar nossas vidas. Justiça sem misericórdia é tirania; misericórdia sem justiça é conivência divina ao erro. Esse equilíbrio deve fazer nossa vida brilhar, triunfar.

Beneditta declarou:

– Inteligência e Sabedoria, dai-me a coroa.

Todos proferiram:

– Esses Atributos divinos formam o Triângulo Logoico Interno. Inteligência é Binah, o Espírito Santo; Sabedoria é Chokmah, o Cristo; e a Coroa é a Santíssima Trindade, ou Kether, o Pai Celestial Uno.

Doche anunciou:

– Espíritos de Malacut, conduzi-me por entre as duas colunas sobre as quais se apoia todo o edifício do Templo. Anjos de Netzach e de Hod, afirmai-me sobre a pedra cúbica de Yesod!

Todos emitiram:

- Átomos da Mente e das Emoções, equilibrem-se para que possamos iniciar os trabalhos em Yesod.

Kathy pronunciou:

- Ó Gedulael! Ó Geburael! Ó Tipheret!

Todos declamaram:

- Ó Seres da Sagrada Trindade Ética (Íntimo, Consciência e Causal).

- Binael, sede meu Amor.

Todos responderam:

- Seres de Binah, meu Espírito Santo, despertai-nos o Amor.

Mafalda recitou:

- Ruach-Chokmael, sede minha luz!

Todos replicaram:

- Espíritos das dimensões de Chokmah, do Cristo, iluminai-nos o Caminho.

- Sede o que vós sois e o que sereis, ó Ketheriel!

Todos declararam:

- Vós, ó Seres das regiões de Kether, o Pai, sede a Verdade em nossa vida.

Maria de Jesus anunciou:

- Ischin, assisti-me em nome de Shadai.

Todos emitiram:

- Espíritos Viventes, auxiliai-nos em nome do Todo-Poderoso.

- Querubim, sede minha força em nome de Adonai!

Todos pronunciaram:

- Seres de Yesod do Mundo Etérico, dai-nos a Força, para que possamos alcançar Adonai.

Beneditta proferiu:

– Beni-Elohim, sede meus irmãos, em nome do Filho, o Cristo, e pelas virtudes do Sabaoth. Filhos dos Ehohim, seres do Mundo Astral, que entremos na quinta dimensão, em nome do Cristo, sempre, que também é pelos poderes do Exército da Palavra. Elohim, combatei por nós, em nome do Tetragrammaton.

Todos responderam:

– Elohim, Senhores da Mente Cósmica, ajudai-nos a vencer o bom combate.

Doche anunciou:

– Malachim, protegei-me em nome de Iod-He-Vau-He!

Todos replicaram:

– Seres do Mundo Causal, protegei-nos dos Karmas Negativos pela Lei do 4.

– Seraphim, depurai meu amor, em nome de Eloah!

Todos declararam:

– Seres do Mundo da Consciência, que despertemos com a Energia do Amor. Avivai nossos fogos internos para o despertar da consciência.

Kathy anunciou:

– Hasmalim, iluminai-me com os esplendores dos Elohim e da Shekinah.

Todos proferiram:

– Que nosso Santo Cristo Pessoal ilumine e equilibre os nossos corpos inferiores.

Mafalda emitiu:

– Aralim, obrai! Ophanim, girai e resplandecei.

Todos replicaram:

– Divinos seres das regiões do Espírito Santo, realizai vossa Grande Obra dentro e fora de nós.

– Seres das dimensões do Cristo Cósmico, girai como o Sol e iluminai nossos caminhos.

Maria de Jesus declamou:

– Hajoth, ha Kadosh, gritai, falai, rugi, mugi!

Todos responderam:

– Seres do mundo de Kether, o Pai de todo o Criado, dominai nossos quatro corpos inferiores para que façamos a Tua Vontade.

Beneditta pronunciou:

– Kadosh, Kadosh, Kadosh. Shadai, Adonai, Jot-chavah...

Todos anunciaram:

– Santo, Santo, Santo é o senhor Deus do Universo.

Doche declarou:

– Eheie Ashr Eheie

Todos replicaram:

– *Eu sou o que Eu Sou, Eu sou o que Eu Sou, Eu sou o que Eu Sou...*

Vale da Lua.

Assim que Cliff iniciou o encerramento satanista traçando um pentagrama inverso em sua testa, ao pronunciar a comunhão Baphomet, percebeu que sua voz já não era a mesma e ele, com um som gutural saindo de sua boca, proclamou:

– In Nomine Bhaphometis Demiurgi!

E todos terminaram:

– Em nome de Baphomet, o Demiurgo!

As hordas sinistras invadiram o círculo com todos os gênios invocados voando ao redor deles, até que surgiu um enorme espírito negro do meio do círculo que estavam, parecendo sair do meio daquelas pedras.

Todos estavam absortos com aquela grandiosa aparição, mas Dee conseguiu observar naquele instante que a água das piscinas bem próximas a ele, aumentaram em força e volume. Com todos aqueles gritos dos espíritos ao redor, e com tamanha ventania, não conseguia expressar-se.

Ele virou, observou as pedras acima, viu exatamente uma tremenda tromba d'água descendo com uma força descomunal, carregando-os a eles, além de todos aqueles espíritos para retornarem ao inferno.

Jardim Matreya.

Kathy declarou:

– Halelu-Yah, Halelu-Yah, Halelu-Yah.

Todos responderam:

– EU SOU, EU SOU, EU SOU.

Todos replicaram:

– Amém, Amém, Amém...

Terminada a invocação, sentiam que toda a natureza ao seu redor acalmara-se.

As duas quedas d'água daquele santuário, se descortinaram, com um feixe de luz gigantesca surgindo, aparecendo um Ser enorme todo vestido de branco com uma voz resplandecente:

– *Ego sum qui sum! (Eu Sou o que Eu Sou)*

EU SOU Lorde Melquisedeque, assim como fui o Manu desta quinta raça raiz, vim até vocês trazer as boas-vindas desta sexta raça, a raça raiz do Sol, da era de Ouro.

Graças ao que foi feito aqui hoje, as trevas perderam o trono do mundo e a luz voltou a reinar na Terra.

Muitas transformações ocorreram nestes três dias de escuridão para que fosse preparado este novo ciclo.

Nestes dias de escuridão, muitos anjos, arcanjos do firmamento como também os trabalhadores da luz que vivem entre vós, ajudaram neste resgate da Terra e foi feita a separação do trigo bom, do trigo excelente e da cizânia, que foram as pessoas que viviam a vida odiando, matando e fazendo mal.

Vocês encontrarão um novo mundo ancorado em novas vibrações.

Já existe entre vós o novo Cristo Cósmico!

O Senhor Matreya, já está entre vós e liderará esta civilização.

Vocês trouxeram de novo a aliança da Luz para a Terra.

Construirão esta Nova Era com novos pilares.

Essa comunidade viverá no amor sem fronteiras e sem separações.

As famílias não viveram mais sós, porque estavam unidas pelo carma.

Vocês conviverão com as famílias espirituais que são aqueles que sentem afinidade, vivendo assim em comunidade onde o bem de todos será o bem comum.

Nesta nova realidade a autoajuda dependerá da ajuda mútua e o autodesenvolvimento dependerá do comum desenvolvimento.

Vocês lutarão por uma ordem mais justa, socialmente equilibrada, que garanta a sobrevida de todos os seres humanos.

Lutarão pela liberdade com fraternidade para ensejar que todas as pessoas desenvolvam suas potencialidades.

Através desta consciência antecipada das necessidades de garantir sobrevida e melhorar a vida de todas as pessoas para que vivam em plenitude é que se vive a compaixão.

O caminho destes tempos não dependerá das leis da evolução, do saber e do poder acumulado, nem do domínio estabelecido, mas dependerá de compaixão, sentido compartilhado e tarefa/serviço.

Estes três elementos serão necessários para a experiência da fraternidade.

Este será o marco da construção do mundo novo em que vocês conseguirão transformar GAIA numa comunidade mais humana e parceira com Deus em unidade.

Assim como ele surgiu, foi embora.

O sol nasceu e com ele o início da Nova Era.

Bibliografia

A Terceira Teoria Universal. Disponível em: <http://terceirateoria.blogspot.com.br>. Acesso em: 16 de dezembro de 2013.

ALVARENGA, Luiz Gonzaga de. *O Segredo das Profecias*. Disponível em: < http://www.ebooksbrasil.org/adobeebook/segredoprofecias.pdf>. Acesso em: 16 de dezembro de 2013.

ARABELA, Carmen. *Raios de Luz* (Resumo do livro: "As Essências Florais e a Hierarquia Divina" de Neide Margonari). Disponível em: <http://carmenarabela.wordpress.com/2007/11/10/os-raios-de-luz/>. Acesso em: 16 de dezembro de 2013.

ARMOND, Edgard. *Exilados de Capela*. Editora Aliança, 1951.

BLAINEY, Geoffrey. *Uma breve história do Cristianismo*. Editora Fundamento Educacional Ltda., 2012.

BLAVATSKY, Helena Petrovina. *Ísis sem Véu: uma chave-mestra para os mistérios da ciência e da teologia antigas e modernas. Volume I*. Editora Pensamento, 1992.

BLAVATSKY, Helena Petrovina. *Doutrina Secreta: síntese da ciência, religião e da filosofia. Volume I: Cosmogênese*. Editora Pensamento, 1995.

Blog incrível gnóstico, teosófico de alto paraíso. Disponível em: <http://arcadotempo.blogspot.com.br/>. Acesso em: 16 de dezembro de 2013.

BORN, Guilherme. Jesus, um plágio. Disponível em: <http://www.dc.golgota.org/estudos/plagio.html>. Acesso em: 16 de dezembro de 2013.

CAMPOS, José Eloi Guimarães; MONTEIRO, Cimara Francisca & DARDENNE, Marcel Auguste. *Conglomerado São Miguel no Vale da Lua, sul da Chapada dos Veadeiros, GO. Cenário exótico de rara beleza modelado pela erosão fluvial*. Disponível em: <http://sigep.cprm.gov.br/sitio077/sitio077.pdf>. Acesso em: 16 de dezembro de 2013.

Current Archaeology. Disponível em: <http://www.archaeology.co.uk/>. Acesso em: 16 de dezembro de 2013.

DANIKEN, Erick von. *Eram os Deuses Astronautas*. Editora Melhoramentos, 1968.

DAYAN-HERZBRUN, Sonia. *As mulheres e a construção do sentimento nacional palestino*. Disponível em: <www.bibliotecadigital.unicamp.br/document/?down=50923>. Acesso em: 16 de dezembro de 2013.

Estudos das cartas da Irmã Lucia. Disponível em: <http://www.tldm.org/news/lucys_writing.htm>. Acesso em: 16 de dezembro de 2013.

ESTULIN, Daniel. *A verdadeira história do Clube Bilderberg*. Editora Planeta, 2006.

Fim dos Tempos. Disponível em: <http://fimdostempos.net/>. Acesso em: 16 de dezembro de 2013.

FRANCO, Augusto de. *O Segredo do Paraíso*. Editora O Livro Aberto, 2007. Disponível em: < http://www.veadeiros.com.br/segredo.htm>. Acesso em: 16 de dezembro de 2013.

Fraternidade virtual Eu Sou Luz. Disponível em: <http://www.eusouluz.iet.pro.br>. Acesso em: 16 de dezembro de 2013.

Gnosis online. Disponível em: <http://www.gnosisonline.org/>. Acesso em: 16 de dezembro de 2013.

GOETHE, Johann Wolfgang von. *Fausto*. Tradução de António Feliciano de Castilho. eBooks Brasil, 1872. Disponível em: < http://www.ebooksbrasil.org/adobeebook/faustogoethe.pdf>. Acesso em: 16 de dezembro de 2013.

HELSIG, Jan van. *As Sociedades Secretas e seu poder no século XX*. Editora Ewertverlag, 1998.

História suméria. Disponível em: <http://osnefilins.tripod.com/>. Acesso em: 16 de dezembro de 2013.

III Guerra mundial, começou a contagem decrescente. Disponível em: <http://www.youtube.com/watch?v=fgxOnFKO4xs&feature=related>. Acesso em: 16 de dezembro de 2013.

Informações de destaque da resistência contra a nova ordem. Disponível em: <http://resistir.info/>. Acesso em: 16 de dezembro de 2013.

Instituto de Pesquisas Psíquicas Imagick. Disponível em: <www.imagick.org.br/>. Acesso em: 16 de dezembro de 2013.

MANCHESTER, Frederick. & Swami Prabhavananda. *Os Upanishads: sopro vital do eterno*. Editora Pensamento, 1993.

Mestre Saint Germain. Disponível em: <http://www.grandefraternidadebranca.com.br/mestre_saint_germain.htm>. Acesso em: 16 de dezembro de 2013.

Morte Súbita. Disponível em: <http://www.mortesubita.org/s>. Acesso em: 16 de dezembro de 2013.

Nova Era. Disponível em: <http://www.umanovaera.com/>. Acesso em: 16 de dezembro de 2013.

Ordem dos Cavaleiros de Cristo. Disponível em: <http://www.ordens.presidencia.pt/?idc=120>. Acesso em: 16 de dezembro de 2013.

Ordem dos Mestres. Disponível em: <http://ordemdosmestres.blogspot.com.br/>. Acesso em: 16 de dezembro de 2013.

Ordens Honoríficas Portuguesas. Disponível em: <http://www.ordens.presidencia.pt/?idc=120>. Acesso em: 16 de dezembro de 2013.

Os Evangelhos Apócrifos Grátis. Disponível em: <http://www.autoresespiritasclassicos.com/Evangelhos%20Apocrifos/Apocrifos/Evangelhos%20Apocrifos.htm>. Acesso em: 16 de dezembro de 2013.

Os Nefilins. Disponível em: <http://osnefilins.tripod.com/>. Acesso em: 16 de dezembro de 2013.

OSHO. Disponível em: <http://super.abril.com.br/religiao/osho-guru-novos-tempos-447682.shtml>. Acesso em: 16 de dezembro de 2013.

Portugal Paranormal. Disponível em: <http://portugalparanormal.com/index.php?topic=19024.0>. Acesso em: 16 de dezembro de 2013.

Revelações - Prepare-se 3ª Guerra Mundial. Disponível em: <http://www.youtube.com/watch?v=Ll0XKAZ7O2I&feature=related>. Acesso em: 16 de dezembro de 2013.

ROBERDEL, Pierre. *Les Propheties de la Fraudais de Marie-Julie Jahenny*. Édition Résiac, Montsuss, France, 1974.

SITCHIN, Zecharia. *O 12o Planeta*. Editora Best Seller, 1976.

SITCHIN, Zecharia. *Havia Gigantes na Terra – deuses, semideuses e antepassados humanos: a evidência do DNA alienígena*. Editora Madras, 2012.

SITCHIN, Zecharia. *O Livro perdido de Enki: memórias e profecias de um Deus extraterrestre*. Editora Madras, 2013.

STARBIRD, Margareth. *Maria Madalena e o Santo Graal: a mulher do vaso de alabastro*. Editora Quetzal, 2004.

TAMPLE, Robert. *O Mistério de Sírius: novas evidências científicas de contato alienígenas há 5 mil anos*. Editora Madras, 2005.

The minor history behind a major discovery. Disponível em: <http://www.nag-hammadi.com/history.html>. Acesso em: 16 de dezembro de 2013.

The Tetragrammaton is Essential to your Faith. Disponível em: <http://tetragrammaton.org/Essential.html>. Acesso em: 16 de dezembro de 2013.

TYSON, Donald. *Magia Enochiana para iniciantes: o sistema original de Magia Angélica*. Editora Madras, 2004.

Vaticano. Disponível em: <http://www.vatican.va/phome_po.htm>. Acesso em: 16 de dezembro de 2013.

IMAGENS

Evangelhos do Mar Morto. Disponível em: <http://g1.globo.com/Noticias/Ciencia/0,,MUL737730-5603,00-ISRAEL+VAI+COLOCAR+INTEGRA+DOS+MANUSCRITOS+DO+MAR+MORTO+NA+INTERNET.html>. Acesso em: 16 de dezembro de 2013.

Vênus Paleolítica. Disponível em: <http://www.megalithic.co.uk/article.php?sid=6335832>. Acesso em: 16 de dezembro de 2013.

Papiro em que Jesus chama Maria Madalena de esposa. Disponível em: <http://www.istoe.com.br/reportagens/239621_A+ESPOSA+DE+JESUS>. Acesso em: 16 de dezembro de 2013.

O Evangelho de Judas. Disponível em: <http://www.dominiosfantasticos.com.br/id491.htm>. Acesso em: 16 de dezembro de 2013.

Lança *Longinus*. Disponível em: <http://ohomunculo.blogspot.com.br/2010/12/lanca-de-longinus.html>. Acesso em: 16 de dezembro de 2013.

Primeira reunião do grupo no hotel Bilderberg (1954). Disponível em: <http://democraciapolitica.blogspot.com.br/2012/02/grupo-bilderberg-nato-otan-desde-1954.html>. Acesso em: 16 de dezembro de 2013.

Esqueleto de alienígena dropa encontrado nas cavernas Byan Kara Ula. Disponível em: <http://ufo.com.br/noticias/civilizacao-dropa--apresenta-caracteristicas-fisicas-distintas-dos-humanos/>. Acesso em: 16 de dezembro de 2013.

70 livros de bronze de Jesus Cristo. Disponível em: <http://www.imagick.org.br/pagmag/themas2/LivroBronzeJesus.html>. Acesso em: 16 de dezembro de 2013.

Vimanas. Disponível em: <http://eramtodosastronautas.blogspot.com.br/2012_09_22_archive.html>. Acesso em: 16 de dezembro de 2013.

Busca de Hitler pelos conhecimentos ocultos dos Vimanas. Disponível em: <http://thoth3126.com.br/sociedades-secretas/>. Acesso em: 16 de dezembro de 2013.

Tetragrammaton. Disponível em: <http://www.spectrumgothic.com.br/ocultismo/simbolos/tetragrammaton.htm>. Acesso em: 16 de dezembro de 2013.

Stonehenge Americana. Disponível em: <http://www.espada.eti.br/pedras.asp>. Acesso em: 16 de dezembro de 2013.

Caixões táticos. Disponível em: <http://paranoiasociedadeanonima.blogspot.com.br/2012/01/veja-como-sao-os-caixoes-taticos.html>. Acesso em: 16 de dezembro de 2013.

A saga dos Anunnakis. Disponível em: <http://www.sitchin.com/>. Acesso em: 16 de dezembro de 2013.

2012 A Era de Ouro. Disponível em: <http://2012aeradeouro.webnode.com.br/>. Acesso em: 16 de dezembro de 2013.

PERSONAGENS

Katherine Mondego Stuarty – "a escolhida"

Teresa Mondego – mãe de Kathy (falecida)

Mafalda Mondego – tia de Kathy e membro da Sociedade Flor de Lis

Nuno, Feijó e Mark – amigos de mestrado de Kathy

Cliff Stuarty – pai de Kathy e senador

Beneditta Tolotti – ex-freira franciscana da Basílica da Santa Cruz de Jerusalém, Itália. Líder e representante da Sociedade Flor de Lis

Francesca Nobili - ex-madre prioresa da Basílica da Santa Cruz de Jerusalém, Itália. Participante da Sociedade Flor de Lis

Carmela Capollo - ex-freira franciscana da Basílica da Santa Cruz de Jerusalém, Itália. Participante da Sociedade Flor de Lis

Nicoletta Pilato - ex-freira franciscana da Basílica da Santa Cruz de Jerusalém, Itália

Maria Clara Aveiro - madre prioresa do Convento Santa Clara a Velha, Portugal

Giovanni Scola - Papa Pedro

Antonio Lopes - cardeal e um dos papabili

Walter Schmidt - cardeal alemão, patrono da inquisição

Augustus Acco - bispo

Cleude Lustinger - cardeal francês

Carlo Bazoli - presidente do banco do Vaticano, Instituto para Obras Religiosas (IOR)

Família Pontíficia - Viviane, Marcella, Fiona, Secilia e Francesco (secretário do Padre Paolo e seu assistente de câmara)

Georgio Francesco - presidente da Itália

Eduardo Kollen - membro da Sociedade Secreta do Clube Bilderberg

Charles Dee - especialista em ocultismo e pesquisador do Instituto Enoch

El- Shahid - presidente da Síria

Francis Rhodes - encarregado da administração Bush

Michel Smith - encarregado pela administração atual dos Estados Unidos

Fernandes - piloto de Cliff

Robert Shelldon - diretor da Cia de Milão

Leon Ashton - secretário de defesa dos Estados Unidos

Sara Abbas - jornalista da RAI

Warda Abbas - avó de Sara

Zarifa Abbas - mãe de Sara

Leonard Brandon - ex-agente da Cia

John Gordon - general da NSA

Francis Bacon, Eleanor Bradley e Vitor Flamel - ocultistas

Maria de Jesus dos Santos - descendente de Lúcia, pastorinha

Rodrigo Doche - Espiritualista